U0133685

中国行吟诗人文库 第一辑

山川与大地

田 禾 著

天津出版传媒集团
百花文艺出版社

图书在版编目（CIP）数据

山川与大地 / 田禾著 . -- 天津：百花文艺出版社，
2023.5

（中国行吟诗人文库）

ISBN 978-7-5306-8547-1

Ⅰ . ①山… Ⅱ . ①田… Ⅲ . ①诗集－中国－当代
Ⅳ . ① I227

中国国家版本馆 CIP 数据核字 (2023) 第 094674 号

山川与大地
SHANCHUAN YU DADI

田 禾 著

出 版 人：薛印胜
责任编辑：赵世鑫
装帧设计：鸿儒文轩・末末美书
出版发行：百花文艺出版社
地址：天津市和平区西康路 35 号 邮编：300051
电话传真：+86-22-23332651（发行部）
　　　　　+86-22-23332656（总编室）
　　　　　+86-22-23332478（邮购部）
网址：http://www.baihuawenyi.com
印刷：三河市华东印刷有限公司
开本：787 毫米×1092 毫米 1/32
字数：120 千字
印张：7.5
版次：2023 年 5 月第 1 版
印次：2023 年 5 月第 1 次印刷
定价：52.00 元

如有印装质量问题，请与三河市华东印刷有限公司联系调换
地址：三河市燕郊冶金路口南马起乏村西
电话：19931677990 邮编：065201

总序

行而吟，风光无限在远方

李立

书山有路勤为径。路有千万条，各有各的宽窄长短，各有各的平坦坎坷，各有各的气韵风范，各有各的荆棘繁花，各有各的痴情拥趸，各有各的天作归宿。

随着季节的更迭交替，路的心境也随之变幻，冬去春来，兴衰枯荣，岁月苍茫，梦呓不绝。

丰富多彩的因缘，成就了路的高深渊博。

诗歌的因子因此而腾空漫舞。

行，不一定是诗，却可分娩诗。能吟的诗，不仅是行吟诗。

风无处不在，只有流动了，才叫风。

大千世界，烟火人间，历久弥新的日月星辰，目之所及，诗意比比皆是，只有诗人将之挖掘、提炼、熔化、锻打、淬火、吟诵出来，才叫诗。

呐喊、呻吟、抽泣、嬉笑、追逐、情爱、春种秋收的生产活动，大自然的鬼斧神工、虫鸟舞蹈、电闪雷鸣，只要被诗人的灵感捕捉到，并赋予其灵动、灵气、灵性、灵魂，行吟诗歌便脱茧成蝶。

给心灵插上绚烂翅膀，使其欣然遥赴远方信约，在脚步无法到达的尽头蹁跹，万千姿态妖娆妩媚，抑或音色铿锵激昂，低吟浅唱间灿如星星闪烁的文字，光芒四射，照亮和温暖寂寥的长亭雨巷。

行是情怀，吟是才华。行吟是匠心独运、热忱赤诚，于天地万物之间采摘精华，雕琢成字字珠玑、睿智夺目的诗行。

只有站在高处的雪，如珠穆朗玛峰上的白色精灵，才能始终保持冰清玉洁、晶莹剔透。高处不胜寒，孤独和寂寞是雪的良师益友。

把雕琢文字视作生命的不懈追求，并为之挑灯夜战、奋斗不息、孜孜以求，方可书写出惊天地泣鬼神的旷世之作，这才是真诗人该有的崇高追求和态度。焚香沐浴，诚挚以待，善良和痛苦是诗人的笔与墨。

"语不惊人死不休"，这是诗人杜甫的态度，成就了草堂主人的苦难和幸运，亦是他传世不朽的千古谜底。血肉成灰，诗魂长存。

只有能抵达良知本真的人，才能抵达诗歌的远方。

水，无所不能。在汪洋大海可以汹涌澎湃，在大江大河可以欢歌，在水库湖泊可以妩媚多姿，即便是在高山峡谷处一个小小的坑洼里，内心也照样可以装下整个浩瀚的碧空。

行吟诗，确实神通广大。可以上天入地，可以博古通今，可以高亢激昂，可以喁喁私语，可以厉声痛斥，可以甜言蜜语，可以指点江山，可以吟诵烹饪，可以抽薹开花，可以枯萎凋零，可以披星戴月，可以苍茫辽阔，可以……

于不同的时间和地点，构筑起不一样的绚丽华章。

江山草木，流云走沙，天地腹语只要和诗人的灵魂结合在一起，行吟诗就有了生命。

戴着镣铐的脚步，套上枷锁的思想，所行所吟只会局限于方寸之间，犹如井底之蛙，无缘领略海阔天空的高远，了无风起云涌的境界，绝无行云流水的格局。欠缺鹰的高度、眸光、翅膀和雄心，满眼就只有麻雀的世界。

行而吟之，诗如其人，给岁月雕琢一副性格鲜明的背影。如本诗丛诗人刘起伦的沉博绝丽，田禾的匠心独具，蒋雪峰的独有千秋，罗鹿鸣的自成一家，汪抒的翻空出奇，向吉英的清新明丽，张国安的含蓄隽永，肖志远的婉约细腻，无不跃然纸上，过目难忘。

大自然是行吟诗歌的温床。行而吟，风光无限在远方。

2022 年 8 月 8 日于深圳

序

程光炜

一

对于具有现代诗倾向的诗人来说，故乡记忆在其艺术世界中不占据主导位置，例如卞之琳的《风景》，我们几乎看不出他故乡江苏海门的任何印迹，"你站在桥上看风景，/ 看风景的人在楼上看你。/ 明月装饰了你的窗子，/ 你装饰了别人的梦。"当然，你可以说这是江南，不过"江南"的历史地理范围可就大了。先秦时期，以长江为限，长江以南皆称"江南"；在宋代，分江南路为江南东、西两路。其中的江南西路，后来被简称江西路，就是现在的江西省。今天的安徽、江苏两省长江以南地区，大部分都在当时江南东路辖境。至清朝，以南京为中心的地区成为南直隶，北京一边为北直隶。所以，《风景》这首诗的地理所指，与作者故乡实无关系。

乡土诗题材的作品，故乡特征就比较明显了（安徽太湖），如朱湘的《有忆》《采莲曲》等，描写的是太湖一带的风景风光和人物形象，当然其中也有作者从旧诗词里化来的情调。不过，现代文学时期，作者因读书、留学、就职、战争等，在全国各地不断地流徙，所以难以长期经营与故乡题材相关的艺术世界，朱湘寿短先不说了，就连艾青在写了《大堰河，我的保姆》之后，也去经营他的抗战诗去了。而李季的作品，使用的是陕北"信天游"的民间诗歌形式，新中国成立后，他的《玉门诗抄》，不仅跟陕北没有关联，跟他的故乡河南南阳，也毫无关联。这种情况，到了当代诗歌时期可能稍有好转，除少数人外，大多数诗人都留守本地，促使乡土诗又发达了一阵，如四川的雁翼、梁上泉、傅仇，安徽的严阵，云南的韦其麟、晓雪，西藏的饶阶巴桑，内蒙古的巴·布林贝赫，新疆的克里木·霍加、铁衣甫江，等等。

田禾写诗三十多年来，大概尝试过多种诗歌题材和艺术风格。他写现代诗，地域特色和意识相对薄弱；而他写乡土诗，故乡景致和情调，就裸露无遗了。之所以如此，一个原因是，在他写诗的三十多年间，中国当代诗歌经历了几次大大小小的风潮，朦胧诗、第三代诗和如今诗歌创作的多样化潮流等，一个诗人如想在其中立住脚跟，很难不受其影响。另一个原因，是湖北这个身份，虽说是居于九省通衢中心，南北来往的必经之地，可精神气质，仍然属于政治和乡土情结相当浓厚的省份。二十世纪八十年代的南野虽留居湖北时间颇长，可他是浙江人士，诗艺来往于全国，不独在湖北。我认为从思想上看，湖北仍然属于比较守旧的地方，虽然历史上有"楚人好歌哭"的浪漫主义传统和人格气质。这种环境氛围，必然会影响甚至决定了一个诗人创作的选择和倾向。

我曾在离诗人田禾家乡不远的城市生活过，熟悉从长江滩涂传来的野草的鱼腥味，炎热的天气，酷夏时留在席子上的身体印痕，高腔的湖北口音，以及不知未来究竟在何方的不安定的心境。我去过他家乡隔壁的阳新县，对那里山水仍有模糊的印象，低矮的丘陵，红色的泥土，高高低低的水田，以及弯曲的乡道。我知道，作者生于兹，长于兹，那些景象、风物、涛声、远去船帆、人与事，对于田禾来说，是轮换的"季节"，是日常生活，对于我来说，则是往事。

田禾老早就说，他要写一本关于本地"季节"的诗集，依他认真执拗的性格，我估计一时半会儿看不到作品。果然如此，这本诗集，可以说是作者精心制作的艺术产品。从结构上，它分"二十四节气""长江每天从我身边流过""山顶""海鲜火锅""半坡与陶"等几部分。彼此互有照应，"故乡"显然是中心。大概"节气"，就是这部诗集的外围环境罢。"二十四节气"这一辑，父亲是主人公，可以看成是作者对这位辛劳终生的老农精神上的讴歌。排除这一环节，我倒喜欢这种没有人物的空灵浩渺的大自然。在鄂东生活的日子，我有时会离开学校，到江对岸的广济、浠水和蕲春上暑假中学老师班的课，有一次长江涨水，我乘车到时，从江边到广济县城的路，突然淹没于一片汪洋当中，心里不免恐慌。只好小心踩着临时搭起的木板浮桥，深一脚浅一脚地走进城里，为赶下午在某大食堂的大班课。可是四处，天地之间，除我一人之外，居然无声无息。今天忆起旧事，是我喜欢这辑短诗的原因。

> 春风十里，桃花开满了山野
> 花瓣簌簌地落着。油菜花
> 开着"细菩萨"一样的花朵
> 使油菜花富有诗意还富有禅意

> ——《春分》

我因是客居身份，虽然也曾陶醉于鄂东美妙迤逦的景色，可心灵还远未达到诗人如此细腻的程度，他的敏感、质地，语言贴切地把握、拿捏，我尽管可以略知一二，却说不出来。在长江中下游地区，像如此亲近大自然，并带有如此深切感情的诗人，我只能想起朱湘、饶庆年两位。江对岸的闻一多，是激切和格律体的，是长江性格的另一面。这辑中，我以为《清明》《小满》《夏至》《立秋》《寒露》《大雪》等等，都极佳。在这里，"季节"是作者生活的一部分，生命的一部分，也是梦中的一部分，他在距此七十公里的武汉生活了几十年，然而下游这处独特地方的季节，却依然是他人生的出发点，或许也是归宿之地。在这里，季节即是作者写作的衣裳，也是他心灵的律动，从读诗的角度看，它们其实是彼此难分的。

二

　　我所说湖北人的"守旧"，没有褒贬的意思，而是说湖北人精神气相对内敛，不随意发散。由于长期淤积、内化、自我储存，久沤于内心深处，这很有点像湖北的地理环境，由于海拔较低，内湖遍及全省，所谓"千湖之省"，所以气流很难转移、扩散开去。这里每遇梅雨季节和夏天，整日都是雾气蒸腾，太阳暴晒，又不像广东、江西一带，经常有季节风的狂风暴雨，或是每年有海啸袭过，即使偶有溽热，也无湖北这么长达三四个月甚至半年的酷热难当。很小时候，我随外婆偶尔客居武汉的二舅家中（汉口路一带），每遇暑假，真是奇热难受。我跟大人睡过红色倾斜的屋顶，或者从家中搬来竹床，仅穿短裤背心露宿街上。我记得当时汉口的大街上，不分男女老少，皆少衣横躺街头，连绵无际，整个街道，像是无数的人露宿于外，这在北方人看来非常惊讶，而本地人则早已习以为常，因是几百年以来的社会习俗。

当时懵懂的我，不知道这种地理环境于本地人性格的养成，会有什么关系。其实今天也不理解，湖北人怎么会有如此程度的忍耐能力，而且这种性格的养成，跟天文、地理、环境和气候，实乃有极大的关系。这就是，湖北人的坚强、峻急、固执、灵活、自尊、激烈，等等。就看现代文学中，出过闻一多、胡风这两个人，已经就可以窥见全豹。所谓辛亥革命的"首义之城"，所谓抗战初期的临时首都等等，也并非随便说说。

依我看，"长江每天从我身边流过"，是"季节"这辑的姊妹篇。写的是他离开家乡后，在武汉几十年的生涯。

鄂东一带的人，都是游走天涯的雄才，像李四光、熊十力、废名、闻一多、胡风等一时的人物。而武汉，成为田禾度过青春和中年的地方，这个傲视天下的雄镇，也是招纳各路英雄的地方。在武汉某高校念研究生的时候，我多次从学校到武昌火车站，路经首义的诸多历史遗址，有时候虽然路途惊险不断（如某人碰瓷），但襟怀依然非常辽阔和敞远。但这辑短诗，不是雄歌、悲歌，而是柔婉的低唱，在经历了人生无数的大风雨之后，作者领略心灵真谛，放下全部的心情，以这种十分从容、闲适的眼光来看大江上下，才会写出如此低调和温存的诗篇。

> 我走出村庄，跟着一条长江奔来
>
> 途中的风雪不断修改我的前程
>
> ——《自画像》

在某所大学教书的时候，经常见到路过此地返乡的田禾，他总是笑脸相迎，眉眼间从未留下感伤过的神情。那时候，我也年轻，哪知道一个乡下少年去城里讨生活时的艰辛？在我和他关于诗的聊天中，也未碰触过这类尖锐现实问题。哪里想到，他一旦离开小小村庄，就投入了时代的洪流，投入了必须天天奋斗，才能生存下来的陌生竞争的环境。这诗句中的"迟疑"，借助而至的"豪迈"，一个"途中的风雪"，另一个无法预见的"前程"，已经把这段异常的生涯写得风生水起，颇不平凡。今天读到这些句子，我听到的是作者内心的安稳，尽管过去岁月的"风雪""前程"，从未从他的书房里消失。

戏在一阵急促的锣鼓中启幕

…………

摆一张桌子就是江山

英雄总是在民不聊生中出场

挥动马鞭就是骑上了快马

穿云彩，驾长风，怀剑气

一剑能当百万兵，千军万马杀来

——《楚剧》

我觉得这不是"楚剧"，而是田禾那个时期生活的真实写照。二十世纪九十年代初，念研究生的我，独自去东湖访他。见他租一民居，摆案招揽八方人客，笑容是平静的，间或还有一点羞涩，不过，眉宇之间却充满了豪气，令不远的东湖为此惊涛骇浪。我在这个小伙子身上，读出的是《楚剧》里的那个剑侠之客来去无踪的身影，这在潜心读书、写作，在东湖另一侧做学问的我来看，有点不可思议。不过，那都是年轻时候的旧梦了吧。

> 原野的草在干瘪的风中
>
> 枯萎。后院荒草三尺
>
> 对面是荒芜的山岭。天边忽然
>
> 传来几声深秋的雁鸣
>
> ——《寒露》

这首诗表面写的是乡村秋后生活的景色，实际是一种心情，或者说是田禾的"中年写作"。经过从乡下到城里、从商场到诗歌，再到今天专业作家的风风雨雨的作者来说，这是一种"放下"的心情，也可以说是"悲哀"的心情。往昔的美好无法挽回，悲伤的故事，也无法重新上演，人的身体机能，却在大自然季节不断的交替中，衰落和走低，向一个不明方向的地方，不可遏制地下滑……这段诗句，有几次停顿、转折、静场，我想它们可能最适宜对这种芜杂多感心情的细致刻画，有一些的关系。写诗，写小说，写文章，在今天看来，都是一个道理，这就是它们的节奏是作者的呼吸、心律，是情感的起伏、感伤和不甘。与年轻时候挥洒千里的气势比较，这种写法确实有点"气短""胸闷""堵塞"，不过，从作者借作品回望和反思自己的角度看，它的迟疑的分寸感，有比较符合其内心世界深处的皱褶和晦暗地方。

三

到第五辑"半坡与陶"，本以为作者要将兴奋点转向大西北的考古遗址，不想它又回到故乡、少年记忆和亲人往事这里。田禾是年少多难的人，尤其是他待在故乡，也包括他成功之后，多次往返乡里所看到的一切。去年夏天，我在北京鲁迅文学院以"漫谈乡土小说"为题，先后在那里做过两次讲座，忆起二十世纪七十年代我插队农村两年的经历，也聊起我对中国农村农民的了解。读罢田禾的诗集，我才知道自己对真正的农村所知只是皮毛，远不如作品里的叙述那么全面、真切和痛苦。《姑妈》叙及这位农妇一生的苦难经历，读来不免伤心。《稻草人》冷静描写了这位代替农人看守稻田的植物，虽没有生命，目及孩子的欢乐、农民的辛苦之后，所呈现出来的局外人的超然，末尾一句，却道出了作者自己的悲悯。相较之下，我比较喜欢《坡地》这首诗。现在年轻人大多已经隔膜，不知道"坡地"对山区农民的"意义"。由于土地贫乏，人口众多，当时的政策错误百出，为避免农民死亡，只好在人民公社的公产之外，允许农民拥有少量的"自留地"，即作者所说的"坡地"。

我的村庄，推开柴门

就是一片坡地

坡地起伏

四面都是庄稼

有的是红薯

有的是麦子和棉花

…………

汗滴先是从脸上流出来

然后落进泥土

可回首的麦香

一直渗入到我的血脉里

营养着我成长

——《坡地》

这首诗语句不算绮丽,而是平淡叙来,波澜不惊,感情却异常内敛醇厚。我在某知青农场的时候,粮食由县粮食局供应,尽管自己的城市户口被取消,粮食仍能保证,与当地农民每年需要交公粮、余粮、爱国粮,仅剩种子,和只够半年的口粮之外,所剩无几的情形比较,真是天壤之别。一年双抢,农场号召知青支援本地生产队,我被分到一个农户家里。白天帮队里双抢,晚上住在他家。这个家庭丈夫是低障人士,妻子年轻体弱,因有三个孩子,口粮缺口很大,于是,只能每年向生产队申请"返销粮"(其实是农民交给国家的粮食)。这家人极为善良,认为我一个城里孩子生活辛苦,想每天为我炒一盘鸡蛋菜,被我严厉拒绝(良心不忍)。所以,读到此首,不免忆起往事,触景生情,不能自抑。

《生产队》也值得一读。作品写道,嗓门大的队长,在村庄和田野之间喊来喊去,脱产的会计袖手旁观,在群众面前指手画脚,社员们永远都很听话,让插田就插田,让割麦就割麦,令人有回到二十世纪六七十年代时光的错愕之感。在伤痕、反思文学逝去三四十年代之后的今天,再读这首短诗,不仅感觉时光倒流,而且也是重温自己的时刻。在实行社会改造的年代,常识是不存在的,在我插队的大别山区，有一年让学习广东，把每年两季的水稻，改造为一年三熟，结果怎样，人们完全可以预料。文学作品有的时候类似于历史文献，并不是所有的旧报纸、旧照片才具有文献的价值，实际，记述过去的小说、诗歌和散文作品，同样具备历史文献的作用。对这些往事，田禾写起来十分平静，一般读者，恐怕已经很难理解作品字里行间有作者内心的波澜起伏了。这就是历史，当事人难以忘怀，而后来者则早已隔膜。

读罢全部诗集，我认为它是作者另一次的"还乡"，更是从家乡去另一个陌生地方的"再出发"，它是内外循环的结构，从里到外和从外到里，就从这种诗集结构出现了一种异样的共鸣。我熟悉作者，但并不熟悉这本诗集，这种"异样"的"共鸣"中有我能够接近、叙述、分析的地方，但也有我所不了解、因此难以做出解释的文本空间。我想，这就是所谓批评家跟诗人的"关系"罢。作品文本即是他们之间的桥梁、中介，又是一段突然中断的道路。评家是无法全部拥有作品文本的，而作者写完，从中走出来，实际也再难回到当时写作的原始感觉中去。这就是"新诗集"的艺术魅力。

另外，我想补充说的，是这部诗集的艺术特色。因为写作的时间跨度较大，不同专辑的构思写法有所不同，所处理的题材，也不尽然相同，所以，很难用一种评价标准来评论这部诗集。在我看来，在这部署名为《山川与大地》的诗集里，"二十四节气"一辑，属于对自然景象的描绘，用的是唯美的抒情格调，语句平淡、意蕴隽永，让人重走了一次鄂东南的山山水水。在长江内侧，这一带的盆地和丘陵，在自然节气上确实有它独有的特色。我在前面，已就个人的体验，略微加以铺陈。第二辑"长江每天从我身边流过"，由于夹杂着作者大量的生活回忆，记录他年轻时候奋斗、跌倒、再奋起前行的点点滴滴，写起来有一点儿波涛汹涌。我前面已经说过，湖北人的英雄气质，在里面得到了充分体现，不过，假如它不是作者的个人奋斗史，也不至于使得作者在构思、酝酿、写作该专辑的过程中，保持着某种饱满的激情吧。"山顶"一辑，作品相对较少，是作者对故乡的忆旧片断，读起来也颇有趣。这里的景物，残留着作者生活的痕印，那里的老屋、村头的一棵树、乡村女教师和远去的老人，印象已经模糊，不过，就在它们的闪烁之间，也能时时记起不该忘却的某些细节。"海鲜火锅"一辑，感觉从家乡荡开去，写到外面世界的林林总总，这是对过去生活的补记，其中，也是作者平时读书看报的心得，属于札记、杂忆之类的文体。对第五辑"半坡与陶",我已在前面评过,这里不再重复。

<h1 style="text-align:center">四</h1>

我不知道这该是这位老朋友的第几部诗集,但他的写作,大概不会就此罢手,却是我的一点估计。对一个诗人来说,这个时候,还是他写诗的盛年,距离罢手,恐怕还有好几十年的时光。

写诗,某种意义上是生命的一种操练,但凡有初步写作能力,诗的灵感就已经开始在作者的脑际闪现,这在少年、青年、中年的时代,表现得尤为活跃、频繁和鲜明。我记得老诗人曾卓先生,二十世纪八十年代写过一首题为《老水手的歌》,作品写道:

> 老水手坐在岩石上
>
> 敞开衣襟,像敞开他的心
>
> 面向大海
>
> 他的银发在海风中飘动
>
> 他呼吸着海的气息

他倾听着海的涛声

他凝望：

无际的远天

灿烂的晚霞

点点的帆影

当时由于年轻，总觉得这首诗写得沧桑，声音有些嘶哑、干涩，感觉是一个走过一生的老人，在回忆往事时记录的一些残章片句。其实，曾卓老人的心，远比当时读诗的我显得年轻、鲜活、葱葱绿绿。1985年年底，我持老诗人青勃先生的介绍信，途经武汉时，到汉口拜访曾卓老师。在他书房，他打开电唱机，在音乐的旋律中朗诵自己的作品，这一幕我至今记得。田禾的年纪，远比当年的曾卓老师年轻，他个人的诗歌史，也许只是刚刚开始，目前不过是第一章、第二章，高潮还在后面。所以，你可以估计到一个普通人的年纪，但无法估计到一位诗人"写诗的年纪"。

为这部新诗集的出版，我杂乱写了以上这些文字，既是对它出版的祝福，也是对我与作者交往岁月的一点追忆。

2022.12.23 记于北京

目 录
contents

第一辑　二十四节气

第二辑　长江每天从我身边流过

第三辑 山 顶

第四辑　海鲜火锅

第五辑　半坡与陶

第一辑

二十四节气

立春

落了一个冬季的雪停了
但山顶的残雪，还没融完
早晨的水田结着一层薄冰
天还透着些微的寒冷

我的奶奶起得很早
她去菜园里摘菜，山前有雾
盘山路像短了一截
远处是一片混沌的天空

中午，气温陡然攀升了几度
阳光软和而温暖
一只鸟飞着，从冰冷的
喉咙里，喊出滚烫的声音
召唤着新春的到来

季节由冷转暖，万物复苏
林子的草木在悄悄萌动
去年栽下的玉兰树
眼看就要爆出新芽

父亲去给油菜追肥、排水
他进门出门
把劳动总是随身带着
门角的那张锄头
始终挂不到墙上去

雨水

扛柴的父亲刚从山上回来
天阴沉着，要下雨了
风吹破了家里纸糊的窗户
又把门前的芦席吹倒

父亲顾不得吃夜饭，趁早
提着马灯，照过牛栏和猪圈
一块石头，让他很小心地
压在了柴火堆的上面

春风一夜，告诉人们春天的
消息。雨时落时停，留下短暂
的空隙。旷野与夜空俱黑
雨水在瓦檐均匀地滴落
流在油白菜的地埂上

雨水拉开了春的序曲，挂在
房梁的谷种似乎睡过了头
小草通过雨水的滋润，就要从
泥土里钻出来。对每一个
植物的面孔，我将要重新相认

麦浇苗，谷浇穗
这时的麦苗正需要浇水
雨水落下来
麦苗顺着季节往上长

惊蛰

要赶远路，还来不及
出门，空中突然掉下一阵
惊雷。轰隆一声，沉重
的天空，要塌方了

出门的人，像浑身带着响儿
和乌云一起奔跑，一脚踩响
雷声，便吓得惊慌失措
雨不知不觉地就下起来了

惊蛰的雨没有几点
风却大得吓人，叫人走
一步退两步，昏昏迷迷中
走了半天，睁开眼
人还在原地没动

闪电是天空的脚印

云的幻影覆盖着远山

大雨如注，雨水在空中

"交换着雨滴"。江河暴涨

一只鹈鹕倒立在水中

滚雷像镂空了一样

发出空洞的响声

春雷响，万物长

河岸要长出今年最好的麦子

春分

阳光给大地加温
日渐带来春天的暖意
种子在泥土里翻身
那些带草字头木字旁的植物
都在麻雀的翅膀下绿了

春风十里，桃花开遍了山野
花瓣簌簌地落着。油菜花
开着"细菩萨"一样的花朵
使油菜花富有诗意还富有禅意

豌豆苗一寸寸地爬高
矮牵牛爬在路边生长
池塘边的柳树
长着像小刀子一样的叶子
燕子衔着春泥在屋檐下筑巢

父亲趁着好天气去整理春田
起身的时候，四野的蛙声
在他身后响起。青蛙的腹中
像埋着一面鼓，人走远了
它敲起来，人走近它就停了

奶奶病了，看不起医生
姐姐在门口，为她
放一只晒太阳的矮凳

清明

手指尖上的路，通向了山顶
我登上雨水铺满的台阶
更高处山峰与山峰互相对峙着
一道悬崖的影子倒在山脚

亲人就睡在黄土下面
我从墓碑模糊的字迹中
一一地辨认他们
他们的面容都在雨光里浮现

纸钱、蜡烛被烧得炸裂着疼
石碑像亲人打坐在山间
我给他们的坟头培上新土
拜托坟前的草木照顾好他们

亲人啊，在另外一个世界里

还如意么？再不能像

活着时那样，那么刻薄

自己了，一个铜钱再不能

掂量了又掂量，再去花

死亡有不同的死法

亡魂有亡魂相同的命运

纸钱在焚化中，拉近了我与

先人之间的距离。泪水没有了

悲伤早已被时光消解

谷雨

大自然就是，天生云
云生雨，雨生万物
一滴雨有一粒谷物的形状
雨水是土地的血脉
在大地汇成一条丰收的河流

雨过天晴，太阳照着远山
的桃树。树上的花朵
零落的零落，结果的结果
一片吸足了雨水的竹林
竹笋长出来很多

午后听见鹧鸪的叫声
满山茶树在云雾中生长
我提着竹篮去原野挖野菜
一片青草被牛羊啃噬

地头有快速冒出的蘑菇

谷雨日，开犁日
父亲赶着牛去下田
脚踩在冰凉的泥水里
犁尖掘进了春天的深处
归来的时候，将一张犁铧
放在了它原来的位置

立夏

春雨挪挪身子，给骄阳
让路，夏天就来了
人的影子逐渐变短
阳光的味道在慢慢变咸

在这青黄不接的季节
田里的稻禾，长得使人
有些着急。好在梨树已挂果
草莓已经提前成熟

立夏了，气温陡然升高
身藏火焰的太阳
开始释放身体的微火
它要借着大地这口大锅
把夏天炒热

四叔给玉米移栽了新苗
坐在田埂上抽烟
烟袋窝子点了半天点不燃
天气又开始返潮了

芦苇深深地杵在河岸
青草已经长到齐腰深了
这时布谷放大了叫声
樟树叶上的昆虫
正在啃食叶片上的阳光

小满

太阳的激情在迫不及待地
贲张，人们脱下春装
穿起了短袖的衣衫
每到黄昏，天空低下来
小鸡啄着原野上的一丛灯火

谷熟一时，麦熟一晌
麦子经过出苗、分蘖、拔节
抽穗、灌浆，小南风昨夜一吹
过不几天，麦子就要黄了

麦穗由轻变重，麦芒闪烁
垄头涌起金黄的麦浪
籽实饱满的麦粒，不知自己
最后成为粮食，还是种子

一场麦收开始了，亲戚们
也赶来帮忙。割麦如摊大饼
站在一起的人俯下身子
向四面摊开，又迎面合围
一块麦地很快就收拾完了

弟弟去地头送水，好沉的一个
水罐，他肚贴着肚地抱来
水罐"砰"一声摔碎了，水像
突然被打了一枪一样疼痛

芒种

中午的太阳正高，泥土
又被太阳加热，气温升高了
村里的牛开始狂躁不安
只有晨昏才稍有一点凉意

杨梅成熟时，哥哥从南方
带回了一个城里姑娘
母亲说的土话她根本听不懂
她穿着超短裙、高跟鞋
烫卷着头发。二爷爷
看不习惯，索性闭上眼睛

一群鸟的叫声浮在天上
地头，那手执长鞭的
稻草人，也怕热地戴上了
草帽，身上穿着红褂子

绿裤子，城里姑娘见了
笑得前仰后合

父亲去薅田，天太热了
水田蒸腾着暑气。一棵稗草
被父亲果断地拔掉，稻浪
起伏，拍打着他的后背
父亲从稻田起身时
禾苗向他深深鞠了一躬

夏至

太阳再次调高了温度
空气像被火冻住了
气温陡然升高到四十摄氏度
出门迎面撞着汹涌的热浪

屋顶滚动着火球，门框
晒得发烫，门板上的油漆
在太阳的暴晒下脱落
狗热得吐着长长的舌头

一朵花里也潜伏着火焰
庄稼都在忙着生长
向日葵经过破土、发芽
正在忙着拔节，开花

孩子热得受不了去河里游泳

一个猛子直接扎入水中
河面翻腾着白色的水花
双掌在水中劈开一条道路
每一次游动泛起鱼鳞般的波浪

院子里，木头搭起的丝瓜架
像枕木一样平整。丝瓜的藤蔓
盘曲在上面，两只小蜻蜓
立在瓜叶的上头
一枝藤蔓爬过了邻居的墙头

小暑

从阳光的颜色观天象
往后的日子，会有久旱
太阳像身边打铁的红炉
黄土要让太阳炒熟了

农活铺满了整个夏天
早稻黄了，要抢着收割
晚稻秧苗要抢季节插下去
双抢如抢火
所有的人都扑在火头上

人的体温要接近沸点了
汗如雨下，背脊早已湿透
汗水不能把酷暑浇灭
却让人在烈日下淬火成钢

太忙了，纵使把人分身
一个变俩，似乎还不够用
牛，老得嚼不动时光了
还要被拉着去耕田

转眼到了夜晚，萤火虫
提着灯火巡视
一只蝉，藏在院墙下
的一口破缸里，叫了一夜

大暑

大暑大暑，上蒸下煮
天连续一个月没有下雨
空气干燥得只要划一根火柴
就能立刻燃烧起来

持久的干旱，池塘
干枯了，稻田龟裂了
暑气从地沟里蒸发
但草还在疯狂地长
土地一片一片地荒芜

沟沟垄垄上，站满了抗旱
的男男女女，有人担水浇地
有人摇着破旧的老水车
柴油机带动着抽水泵
剧烈地抖动着身体

受旱情的影响，庄稼
长得好累。一位老农蹲在
水车旁抽烟，然后
把烟头狠狠摁熄在地上

五千年前就是这一轮太阳
渴死了夸父，现在像要渴死人类
蚂蚁渴死在它爬行的路上
河流渴死在它流淌的途中

立秋

立秋不见秋，天气
依然闷热。秋天来了
以为暑热就消退了，谁知
后面还跟着秋老虎

中午，热风撵着热浪
稻场上的石磙被太阳晒得
灼烫，像老虎的虎背
谁也不敢坐上去

黄昏的一朵云铺向天边
天下了今年的第一场秋雨
土地得到一次透湿的浇灌
谷物慢慢焕发了生机

秋雨润墒

红薯在地里攥着泥土的根生长
秧苗正在转青拔节
玉米枯黄的叶子变绿了
池塘里荡漾着村庄的榆钱

秋雨一下，大地稍有了凉意
一场秋雨一层凉
但白天还是非常燥热
夜晚一阵一阵的凉风吹着
这时的冷暖有点儿失序

处暑

秋凉了。远避炎夏和寒冬的
候鸟，开始由北向南飞来
清亮的叫声里
滴下一个凉爽爽的
秋

美好的一天，总是扑面而来
天空中几朵散淡的闲云
擦出天空的蔚蓝
山间的古茶树暗香浮动
向日葵有金黄的思想
山下传来溪流的轰隆之声

夜晚的月亮在头顶悬照
在后半夜越悬越高
把天空抬高了三尺

微凉的风在山顶吹着
野荞麦都倒向草木的一边

夏天开紫花的土豆
到秋天叶片变黄，很快要成熟了
晚稻开始扬花，抽穗
树上的果子任其悬挂于枝头
苹果正在泛红
橘子还没有熟透

白露

露从今夜白。清晨的草叶
挂着白亮的露水
一滴夜露悬而未滴
它会风干，被太阳收走
或跌得粉碎

林子的鸟像多长了一张嘴
从早晨一直叫到黄昏
秋水一瘦再瘦
一些枯萎的草淹没于水下
刚刚游向水面的鱼
正含着一口冷气

大雁抬着天空，浩大的群山
只存放一枚落日。河岸
开满了野花，落日和流水

都显得有些慌张。这时
一朵淡白的桂花，向路旁的
野菊，打听着亲人的地址

风吹落了秋天的第一片树叶
树叶落下来，像秋风提着刀
要砍掉葵花的头颅
一片叶子掉下来，像一次亲人的
离别，在飘飘悠悠的不舍里
把一串脚印，留在了空中

秋分

高粱熟了，谷子黄了
玉米像乳房一样鼓胀
邻居一早在残月上磨镰
古典的农具被黑色的云雨
又擦洗了一遍

秋分，刚好与你平分秋色
豆子在地里炸裂着响
山坳里的几亩云田
涌动着稻谷金黄的波浪

民谣里敲起了丰收的锣鼓
四野闪耀着镰刀的光芒
疼痛从刀刃上喊出，一片谷物
都倒在了锋利的刀口下

一条马路向村庄的方向延伸
路旁停着拉秸秆的牛车
田野搬空了，颗粒归仓
就结束了尘土飞扬的打场

大地矮下去，天空就高起来
满树的橘子像值夜的灯火
提着浑圆的灯盏。林中的板栗
都从树上采下来了
秋风开始清点一年的收成

寒露

夜露越来越重，星辰被
露水浇灌。草叶上的露珠
都凝成了白霜，凝成
月光与灯影里的寒秋

原野的草在干瘪的风中
枯萎。后院荒草三尺
对面是荒芜的山岭，天边忽然
传来几声深秋的雁鸣

谷子收割完了，搁置的镰刀
生满斑驳的铁锈
草帽挂在低矮的篱笆上
白天短了，黄昏尺寸不详
风将落日扶走，把月亮带入堂前

稻草空着心，竹子空着身体
空荡荡的田野露着齐整整的谷茬
夕阳照着父亲的菜园
鲜红的西红柿要与我滴血认亲

葫芦在晚风中恣意地晃荡
远山挽起轻薄的云岚
成群的鸟雀飞过暮晚的禾场
这时藏在树上的蝉声悄然停了
月光伏在枯萎的灌木之上

霜降

霜降之日有一次大的降温
满山的野柿子，对寒冷分明
发出一声冷笑，红彤彤地
抵御着一股寒潮涌动的暗流

诗人把秋天的风叫作金风
吹着红叶漫天飞舞
红叶"像火一样沸腾"
让秋天有了超乎想象的浪漫

中午，山岭上的土层刚被
太阳晒热，父亲就扛着
一袋麦种，去山地里秋播
他刨开一片新鲜的泥土
把麦子从山脚种到了坡顶

我放学归来，脚尖踢着路上的
树叶。树上还有几片不肯
掉落的叶子，在风中晃来晃去
更加重了山野的荒凉

霜降，像降下一层薄雪
霜为冰雪探路，仿佛冬雪的
一场预演。独立寒秋
这时月亮挂在清冷的天空
远山始终保持一种默坐的姿式

立冬

鸟雀在寒风里筑巢

父亲在后屋院劈柴过冬

高低起伏的田畴笼罩着雾霾

山顶上的悬空寺

真的像悬浮在空中

流水还没停下奔腾的脚步

草木对人世的冷暖漠不关心

只有母亲在深夜为我纳着鞋底

寒冷从母亲的针孔里穿过

光秃秃的树枝

很快要披挂上今年的雪

一匹马在田野奔跑

那时二哥从河滩归来

他把船停泊在枯萎的芦苇荡里

风向着没有风的方向吹

抬头天已黑透

夜晚再一次降温，一个比往年

更寒冷的冬天开始了

场院的草堆在牛嘴里越来越矮

牛吃草，弯角挑着远天的冷月

厨房灶膛的柴火烧得通红

黑夜的影子在恍惚的油灯下晃荡

小雪

今天没有下雪
是日历向人类撒了个谎
但天还是出奇的寒冷
早晨的雾霾笼罩着村庄
站在门口的父亲打了个冷战

一股冷空气由北向南而来
北风呼啸，怀上了风雪
一场雪正在赶来的路上
我似乎听见了雪的脚步声

往山上走，羊，雪一样
闪跳。老羊倌紧裹着棉袄
他一边放羊一边不住地
把光阴往他的烟袋窝里填

晌午，外地来的货郎
沿村叫卖着。他在村头稻场上
歇下担子，有几个抱小孩的
妇女，正围着讨价还价

黄昏，天边飘着几朵灰色的浮云
鸟雀叽叽喳喳地叫着
像几个陌生的词语在争吵
那时没有人能够扶起一条马路
但风把一缕炊烟扶上了天空

大雪

落雪了，刚落下来的雪
是热雪，在地上还
冒着热气。雪有多温热
大地就有多寒冷

雪均匀地飘落，不计后果地
下着，在空中旋转半天
才慢悠悠地落下来
一层层覆盖着村庄的屋顶
穷人的屋顶压不起过重的雪

寒冷在一天天加剧
雪，高于屋脊，低于天堂
磨坊和谷仓远远地立着
老房子像突然有意矮下身去
一朵雪花擦亮了满屋的灯火

站在村口看远处的雪山
大雪漫过一道道起伏的山梁
山中的老树被雪压折了
山顶上的雪直逼苍穹

一片雪会融化在途中
两片雪会抱着取暖
劈在一片雪花，手提刀斧
的人，要在雪中取火

冬至

天越来越冷，零下十度
是这些年少有的低温
雪落三寸，地冻五尺
山峰凝冻在它的耸立中
芦苇冻僵在它的摇曳里

天上最轻的雪，落到
地上是最重的寒冷，雪花是
六角形的，昨晚的月亮是圆的
于是我有了哲人的发现
雪花的寒冷是月光的六倍

"好冷！"出门担水
洗菜的人，都这么喊
他们在村口留下的脚印
很快又被风雪抹掉

屋檐下悬挂的冰凌，多年后
被我们称为岁月的骨骼

门前的路打滑
弟弟穿着笨重的棉袄
出门摔了一跤，滑出去
很远，一下从冬至
滑进了小寒

小寒

七爷硬是没熬过这个冬天
深夜一盏冰凉的灯火
照着他死去，三片雪花
把他抬进了土里

小寒，名曰小，实为最
雪停了，但天冷到了极致
一个人在冰天雪地里行走
从头顶冷到了脚趾尖

寒冷可以称重，黄昏没有
斤两。夕阳的坠落，给河流
带来了晃荡。一列火车
跑进黄昏，瞬息穿过村庄
和万顷倒伏的芦苇

小河流淌的声音凝固了
流水和残叶冻在了一起
一炉火也能被冻住
黑夜像被冻住了
鸡叫了几遍，天还没亮

飘飘忽忽的云彩悬浮在半空
林中的夜鸟惺惺地叫着
乡村寒冷的夜，黑得让人害怕
飘零的草叶提着过往的风声

大寒

大寒立碑，可以动土修坟。父亲
去为爷爷立碑，取低处的泥土
筑高处的坟头，凿碑文
就是为爷爷在那边立户籍

天还嫌冷得不够，昨夜
又落下了一场雪。旧雪还
没消融，新雪又落在旧雪上
落在不一样的山谷、庭院
落在"无边无际的光阴里"

雪落无声，雪花的重量足以
压垮一个穷人。学校放寒假了
父亲又在为我们兄弟跨年的
学费操心。弟弟不知家中的
难事，只顾低头踩雪

终于盼来了亲人一样的阳光

冬天有阳光就是一种奢侈

老人们聚在土墙根下晒太阳

草丛里的积雪正在悄悄地融化

一年的日历撕到了最后一页

河面传来冰层碎裂的声音

雪下是蠢蠢欲动的春天

小麦苗就要突出冰雪的重围

第二辑

长江每天从我身边流过

长江每天从我身边流过

长江每天从我身边流过
从我生活的这座城市匆匆流过
浩渺的江水把一座城市
三分天下：武昌、汉阳、汉口
还分出江南和江北
我的朋友从江北过来
淋湿在江南的烟雨中

江南涨水时，江北也在涨水
但江南下雨时，江北不一定下雨
而风是散漫的，一直从江南
吹向江北，或从江北吹向江南
只有下雪天，两岸的雪下得最均匀
只有江水日夜奔腾不息
我不知一滴水一生走了多少路
一江水到底养活了多少人

两岸的码头依旧拥挤

每天总有那么多人坐轮渡过江

在汉阳门一眼就望见江汉关的钟楼

像一座泊在岁月深处的古船

江水到这里似乎加快了它的流速

我远方的兄弟坐着一条船

来看我，船走过的过程

把整条江又丈量了一遍

水从唐古拉山脉流来，瞬间流走

我从来没看见它停下来歇脚

中秋月

今夜月色真好，人类共一轮明月。
只有中国，只有炎黄子孙，
在过同一个中秋。八月十五这日，
中国的月亮，真圆。

晚上，坐在故乡的篱笆院里。
一家人坐在一起，围成一个圆，
围成比天上还要圆的月亮。
这才是全家人想要的中秋月，
这才是今夜最美最圆的中秋的月亮。

自画像

曾经梦想当一名三国里的英雄

有一腔热血，有一身虎胆

可最终没有倒在英雄的路上

年轻时在村里耕田、种稻、割麦

我肩挑日月，干着体力不支的农活

种下去的庄稼总是赶不上季节的速度

在一个风雪交加寒冷的冬夜

我走出村庄，跟着一条长江奔来

途中的风雪不断修改我的前程

后来我去城市的工地上搬砖，扛水泥

整天吞吃着灰尘，灰尘也吞吃着我

晚上对着半轮明月写诗

在体制的三十年，我用灵魂耕耘

如耕耘我四季轮回的故乡

到老来了，还在写一首无用的诗

等一个没有的人。现在身体被岁月

磨薄了，发胖的部分是多出来的毛病
习惯了过一种寂寞的生活
黄昏我数着城市的灯火
风在我人生的秋天数着黄叶

黄鹤楼

黄鹤楼耸立在蛇山之巅
于白云苍茫的水天浮起
像一只扑腾着翅膀的黄鹤
做一个凌空欲飞的姿势

它是一座楼的身体
但有一只鹤的心脏
有一颗诗歌的灵魂
呼吸着一条大江
用翅膀小心地护着一座城市

登楼，骑鹤直上，脚底
生风，楼顶上停着白云
楼一层一层地上升
黄鹤正飞在归来的路上
低处的长江烟波浩渺

风的梳子梳着流水

编钟在第三层敲响
历史在这里留下了回声
登楼，我索性留一层不登
我始终坚信，总有最上一层
人永远不可攀登

上河的月亮

上河的人造月亮

在黄昏，悄然升空

它与宇宙的那个月亮一样

像一条河流，从天上

挂下来，吐出月光

如吐出一座海洋

我来到上河的时候

碰巧又是晚上，月亮

悬照在村庄的上空

月光闪着银质的光芒

与山顶的桃花交相辉映

与江河的流水一起涌动

当天空的那个月亮出来

天上就有了两个月亮

它们都各自紧拧着天空
高高地照着大地和万物
两个月亮在半夜有一次重合
那时它们在相互地磨亮

两把椅子

我伯父家的两把椅子

有一百多年了

柏木打制，精美雕花

因年代久远，两边的扶手

经过无数次的抚摸，和时光的

浸润，光滑透亮

经历过宣统、民国年间

宣统屁股还没坐热，清朝就灭亡了

民国也是像过境一样经过了它

我的太祖父坐过，祖父坐过

后来传给了我的伯父

两把椅子很稳重地立在一起

有兄弟那么和谐，有朋友

那么友好，但更像两位绅士

以对话的姿势坐在上端

不说话就保持着一种沉默

作为祖辈的遗存之物
我看着就觉得格外地亲切
只要进伯父家，我偶尔也在
上面坐一坐，即使不坐
也要将目光在空椅子上扫一扫

画马

画一匹马，画它长长的脖子
椭圆的身体、粗粗的马蹄
画一双炯炯有神的眼睛
再画它红色的鬃毛和尾巴
一匹马从纸上跃出
带起蹄下的风云

画出马的神态和心跳
及其马失前蹄的沮丧之心
画一条河流在纸上流淌
马在草原奔跑
天空在天上奔跑
马背上的江山谁坐得稳
谁就是这草原的主人

还要画上马的辔头和马鞍

画一串路上凌乱的蹄印

画一块被风沙磨亮的马蹄铁

画马纵横驰骋的一生

最后画一位牧人牧养它

牧人以草喂马，用嘹亮的

歌声，喂养遥远的星辰

打铁匠

诗人有神来一笔，他有神来一锤

两把铁锤撑起的事业

小锤两斤，大锤八磅，大锤小锤

上下起落，砸着有节奏的声音

一块铁从厚处往薄处打

打铁匠硬是要从一块迟钝的

铁中，逼出刀刃上的锋芒

拉动风箱，炉膛内蓝色的火苗

扑哧扑哧往上蹿

炉膛内像有五个太阳在燃烧

火候到了，往手心里吐一口唾沫

用铁钳夹出一块烧红的铁

铁砧上升起一团白烟

那是在叫你，快趁热打铁

铁锤落下，火花便飞溅起来
从一声轻响，慢慢变成了重锤
且越打越快，两个人把所有的
力量，都砸在一块铁上
甩开臂膀来一场打铁
那铁的战栗身体也能感受到

打铁无异于让死去的铁再活一次
卷刃的镰、锄、锹、镬、镐、斧
一次重新回炉，都能打出人们
想要的器物。不量尺寸
方的可以打圆，短的可以打长
厚的可以打薄。黄昏打短了
天空的银月就打成了镰刀

乐平里

从一个诗人沉入汨罗江的那一刻起
人们从此只记住了屈原的归宿地
却很少有人提起他的出生地
没有生，哪有死

乐平里是屈原的故乡
是《离骚》《天问》《九歌》的源头
仿佛从水中打捞起的一块陆地
是楚国的最后一片净土

乐平里至今还保留着橘松坡
相传这是屈原的橘园，山前山后
种满了橘树，开花与结橘子
都是对一个人的怀念

子规鸟是屈原妹妹屈幺姑的化身

端午又至，闻子规鸟啼鸣"我哥回呦"
屈原被江水带走，又被江水送回
小小轻舟难以承载诗魂之重

屈原庙里的塑像，诗人披香草佩长剑
而立。屈原走完了他颠沛流离的
一生，与故乡永远站在了一起
一盏千年的灯火照着他不灭的灵魂

一块地

一块地，过去生产队种荞麦

种过两年苎麻，后来什么都不种了

成了一块荒地。父亲心疼

用铁锹翻地，他身体的周围

涌起一阵黄土

然后把半升蚕豆的种子点进地里

同时也把一粒农谚种了进去

种子的壳让三月的雷砸开

随后一场春雨降下

豆苗出土，父亲给它施肥

长出杂草，就把它锄掉

后来蚕豆花按时开了

那被风吹薄的紫色的花瓣

转瞬像怀了爱情一样结满豆荚

老艺人和马头琴

在草原，一位老艺人
弹奏的马头琴，是一种
最民间的演奏方式
一把马头琴就是一座草原
是一个人内心的天堂
一匹马从琴弦上牵出来
在广阔的天地间自由驰骋

当他演奏《万马奔腾》时
指尖上喂养的一万匹马
让草原刮起万马奔腾的旋风
一万匹马如一片飞驰的烈火
一万匹马似一泻千里的潮水
像成吉思汗当年彪悍的铁蹄
以雷霆万钧的气势所向披靡

马头琴是老人的伴侣

带在身边是琴

拉响了就是疾驰的骏马

喷着马的鼻息，发出马的叫声

踏响哒哒的马蹄

草也伏下身去静静地聆听

三省台

我不认为这是三省的分界
湖北、重庆、陕西
三个兄弟走到一起了
三省台，是他们
紧紧握在一起的拳头

我站在神农架的三省台上
面朝落日
山峦在落日下微微起伏
我的前面是重庆，后面是陕西
我向左边靠了靠
我想起我自己是湖北

三个省，一个台，一眼望三省
三个省的森林，连成了一片
三个省种地的农民，背靠背劳动

湖北的树上落着重庆的鸟

屁股还在重庆地界的一头牛

嘴巴伸到了陕西的地盘上吃草

山顶的一条小溪，向山下流去

到半山中

便分成了许多支流

各省的路上都流着一条小溪

流着流着

流到山下又同时汇入了长江

乡下没有一条不拐弯的路

长久地走在路上
走一段，就拐一道弯
有时连续不断地拐弯
大路多数绕着河流拐弯
小路多数绕着山盘旋
天下没有一条路是直的
有的就像一根弯曲的愁肠
路过黄昏的人总要摸黑行走

乡下没有一条不拐弯的路
有一条路一直伸向远方
途中拐过一道弯又一道弯
最终到达更远的城市
去往远方的人，留下一双鞋子
扔下一条路，再没回头

我从小就习惯了这种拐弯的路

拐弯的路越到山前拐得越急

牧人拐过弯上了山坡

孩子拐过弯进了学堂

赶集的人，走着一条弯路

去了镇上。父亲去耕田

从云缝里牵出一条山路回家

去唐朝

想去唐朝需要一千年的预约

秀才走在进京赶考的路上

挑灯，苦读，十年寒窗

就指望有朝一日金榜题名

穿长衫，背上的包袱装着散碎的银两

走出县城就走上了荒草连天的古道

穿过高山、河流、峭壁和峡谷

途中住客栈，半夜枕着一轮孤悬的

明月睡到鸡鸣。清早重新

登程，家乡越走越远

银子越用越少，包裹越背越轻

也有在中途走失的

到了长安才知道路途有多远

长安有壁垒森严的王府

有唯我独尊的皇上。状元及第

就打开了通向皇朝的大门

醉在一纸功名之中，等着彩楼

招亲，皇上招驸马，然后衣锦还乡

有名落孙山者，沦为了酒鬼、赌徒

乞丐，或被烟枪打死

但更多的要立志当诗人

身体有一个能装下时代的胃

留着诗人的铮铮傲骨

写着震撼古今的唐诗

长江隧道

我开车，几乎每天
要经过长江隧道
隧道是一段镂空的江水
是江城人，透过江底
抠出的大地的呼吸
是江城的另一根动脉血管

隧道的长度
就是江水的宽度
它把江南江北连接起来
开车从隧道经过
横穿过长江
江上浪花飞溅的水声
在人们的脑畔激荡

有的送孩子上学

有的赶往江对岸上班

有的去对岸谈一笔生意

或者去参加一位朋友的婚礼

车辆匆忙地搬运着

一座城市的白昼与黄昏

车辆从隧道口钻出

从黑暗中赶出一群灯火

楚剧

戏在一阵急促的锣鼓中启幕
县太爷习惯敲着惊堂木
书生总是在潦倒失意时，遇上
员外的女儿，青衣挥舞长袖
对有情郎一见倾心，一旦海誓山盟
就要海枯石烂。赵琼瑶四下河南
是被逼的，陈世美不认前妻
遭人唾弃。甩袖，念白，跪唱
楚剧里的悲迓腔（一句长腔
或拖腔），让台下多少人哭

摆一张桌子就是江山
英雄总是在民不聊生时出场
挥动马鞭就是骑上了快马
穿云彩，驾长风，怀剑气
一剑能挡百万兵。千军万马杀来

城内杀成一片血海

后面喊一声：看剑！看戏的人

眼睛一眨，不觉，换了朝代

生旦净末丑轮番登台

只要穿上戏服，立即进入了角色

演员一亮相，死人就活了，关公提

着青龙偃月刀，曹操败走华容道

少年登上舞台，挂上白胡子

就自称老朽了。主角和配角

都是戏中人生，所有唱戏的人

只不过是把昨天重复了一遍

戏里的过错不要算在他们的头上

镜子

我在照镜子的时候，
镜子也在照我。

镜子不会撒谎，
撒谎它就不是镜子了。

人的丑恶、善良，镜子看得
清清楚楚，只是不说。

一只镜子照着一个人的一天，
也照着一个人的一生。

黄昏我坐在镜子前面，
额头长满了年老的皱纹。

照在镜子里的眼泪，

如滴水穿石。

其实镜子，
就是一块亮汪汪的玻璃。

青春已经逝去，
我不能扫走玻璃上的细雪。

第三辑

山顶

山顶

离天空最近的地方是山顶
泥土堆得最高的地方是山顶

一条流浪在山间的小路
最先爬上了山顶。偶有一朵

白云停留在上面，人置身在
其中，像置身在仙界里

春天，山顶上的树都绿了
时有山羊，爬上来吃草

冬天，山顶的雪最早落上去
但最晚才能融化

父母死了，葬在山顶

坟墓，比山稍高出了一点

那是因为，父母的恩情
永远，比山还高

生产队的一口钟

以前村口木子树上挂的一块犁头铁
是生产队一口没心没肺的
钟

早晚的钟声是一个村庄的心跳
那年头，只要钟声一响
整个村子像炸开锅一样忙碌起来
村民赶忙扛着锄头往田野里跑
有人口里衔着饭往外跑
七十六岁的驼背土根爷用胸膛
在奔跑，我三叔的瘸腿在奔跑

想不到一块民国时期的废铁
竟然有如此大的威力
在这之前的一口钟
是半截废铁轨，大炼钢铁那年

队长带头投进了"大跃进"的
熔炉里。听说队长
用他家的破铜锣敲了三个月

后来是我远房的叔祖父
把老祖屋地基里挖出来的一块
民国时期的犁头铁，捐给了
生产队，二百口人的村庄
唯一就剩下这块铁了

敲吧，队长一声重一声地敲着
钟声每天都会按时敲响
从来不被深夜的冰雪冻僵
雨天敲着湿漉漉的声音
双抢季节敲着急促的声音
每一声像敲在人们的心脏上

村东头的一棵树

村子东头的一棵树
树干略粗，叶子细长
在夏天绵延着绿荫
树下留下了匆匆行人的
脚印。一个锄地的
农民，从树下经过
水罐挂在锄柄上
猎人从树下走过去
回家卸下肩头的猎枪

这是那年开春五爷栽下的
一棵树，三十多年过去
已经长成了一棵大树
身体刻满了岁月的年轮
树在风雨中挣扎着生长
根扎在一片贫瘠的土壤中

枝条伸到了老屋的房顶
旁边一条蜿蜒向上的路径
一直通向后山的山谷

春天茂密的树冠上，长出
嫩绿的枝叶，开着整齐的花朵
夏天，树叶越来越浓密
一片树荫在缓缓移动。秋天的
树叶落进村庄的河道
落在荒芜的光阴里
冬天的树稳稳站在风雪中
路有时站不住了，就弯一下
风站立不稳，是因为它
自己把自己吹歪了

石匠

光祥石匠刻碑有三十年了

在一块石头上雕琢别人的死亡

由于年老，去年戴起了老花镜

眼镜后面是他消瘦的命运和人生

为了表示对死者的敬重

在刻一块碑前他都要净手净身

在石头的前边烧香下跪，磕头

再抡锤，先敲三锤，让死者听见

近似于盖棺时敲钉子的三声定位槌

镌刻在石碑上的字是魏碑体

横竖撇捺有力道有筋骨

刻上死者的名字及生卒年月

好让后来的子孙认祖归宗

刻上"考""妣"是区别男性和女性

挖煤窑的兄弟不幸遇难了

碑上刻一个好大的"煤"字

雕琢的时候，石头不疼，人疼
但石头从此变成了一块悲伤的石头
光祥石匠雕刻的墓碑，易于辨认
每一块碑上都留有他的指纹
构成他与死者的另一种血缘与基因

杏花村

村口的杏花树一站就是千年
人间清明，杏花又开
在这杏花中的千古一村
整整齐齐的杏花树
杏花簇拥着开放

一场从唐朝下过来的雨
下了千年
春风在一路的吹拂中
剪去了多余的雨滴
雨中那个系红纱巾的少女
是雨水淋湿的花魂

由于酒家的生意好
杏花村的人
都改行酿酒了

把日月也酿一壶
让春风发酵
酒名就叫杏花村

远处青山如黛，山岚起伏
坐在牛背上的牧童
不觉走进了白云的深处
一滴春雨滴绿了江南
天空为雨后的黄昏
准备了一轮壮美的落日

猴戏

耍猴人敲响了铜锣

甩着鞭子一圈一圈地打转

众人纷纷围拢而来

开始一只猴子出场，站立行走

爬上竹竿，在竹竿上倒立

忽然一只狗出来助阵

跟着翻跟头，走钢丝，钻火圈

从嗓子里挤出尖锐的叫声

在皮鞭的催促之下

有两只猴子抬着花轿出来了

前面一只母猴扮着媒婆，手中拿着

长长的烟杆，向四周丢媚眼

旁边的一口木箱，五颜六色的

服饰都有，猴子直接掀开

箱盖，换装比人还快

一会儿穿起了县令的官服

摇着帽翅，一走一颠
一会儿穿着鲜艳的旗袍
像个江南妮子，扭着屁股
有人甩过去一支香烟
它叼在嘴角，逗得满场哄笑
这时，一只猴子急忙抱着铝盆在
人群中讨要赏钱。锣声一停
猴子可爱地滚动着走了
尾巴竖起来像一杆胜利的旗子

牛皮鼓

一头耕了一辈子田的牛
老了
被活活地杀死

肉，人吃了
皮，做成鼓
像活着一样任人击打

一张牛皮在鼓面上越绷越紧
刚制造成功的一只鼓
像一头牛吃饱了草
刚停下的样子

鼓放在鼓架上
扑上去的击鼓人
像要再次将它杀死

老屋

我家一九七一年的两间老屋
就靠几根有些腐朽的横梁、檩条
支撑着屋脊和屋檐

泥巴墙，由于风雨的侵蚀
墙体斑驳，大面积龟裂
唯一的窗户没有玻璃

猫爬上去掀开了屋顶上的瓦片
一片黑瓦差点从檐角掉下来
父亲急忙塞了回去

屋里的米缸几乎没有装过多少米
经常吃了上顿愁下顿
父母总是为一些小事争吵

一缕炊烟在屋顶上升或盘旋

秋天的谷子就晒在门口

老鼠偷偷拖着粮食去洞里过冬

下雪天，门前的草垛

被冰雪压得塌陷下去许多

黄昏，落日刚好坠落在上面

那时老屋黑黢黢的土墙上

还能模模糊糊地看见

早年用繁体字写的土改的标语

漏

老房子让父亲检修过了它还是漏
那天，父亲用几块小青瓦
把漏堵上。过不了多久
风一吹，雨一下，房子又漏了

漏是从屋顶滴落在房间里的雨水
屋漏偏逢连夜雨。一个漏差点
打熄了灶头上的一盏油灯
一个漏正滴在父亲的鼻梁上
一个漏刚好落在奶奶的药碗里

父亲来回往桌子上、锅台上
床头柜上放脸盆、木桶和
瓦罐，水满了就倒在门外的
水沟里，然后又放回原处

那时我四五岁，不懂大人的苦
炸雷、闪电让我极其恐惧
嘴里还不停地叫饿。父亲一把将
我搂住，一滴雨正落在我们的
怀中。被雨水淋湿的爱，也温暖

父亲辛苦劳碌一生，贫穷一生
到死还不甘心住在这破旧漏雨的
土房里。咽气时，那些雨滴
当然还有泪水都噙在他的眼角

树林

树林里所有的树木枝杈纵横

一些树在不被人注意的时候都长大了

一排一排的

长着葱绿的叶子

安静得像一支枕戈同眠的军队

沿着一条静谧的小路

就走进了林子的纵深处

一棵树、一株草都有自己的位置

崖边的树，把根须伸进石缝里生长

一只苍鹰悄然划过它的枝头

更有一些天生就长不高的树

弯曲着再也直不起身子

村民索性砍来做了弯弯的扁担

挑起了山川与大地

挑着大豆和南瓜

林子里的黄桃树、枇杷树、橘树
一年结一次黄金的果子
多少汗水转化为果实
从树丫上垂挂下来
农民守住果林就是守住了生活

树林里的春天来得早去得迟
让我分不出三月和四月
树上总有麻雀争吵的声音
蝉叫了一个夏天
最后只剩下一只空壳

父亲的手

那是一双刨地的手
垦荒的手，挖渠的手
插秧的手，割麦子的手
甩牛鞭的手，淘大粪的手
干起活儿来，从来不知道停歇
一枚硬币，硬要攥出血来的手

那双手没少打过我
我犯错了，嘴里说要打死我
手抬得老高，最后却是
轻轻打在我的屁股上
有时真的气极了，打重了
又把我抱在怀里抚摸我

田野里的庄稼他都摸遍了
给油菜、麦苗打药施肥

给花生锄草，给旱田浇灌
在秋天把满地的高粱收回家
农历的二十四个节气
让他忙出了第二十五个

父亲为我们劳累了一生
皱纹长在脸上，硬茧长在手上
手掌磨得像树皮一样粗糙
严寒天浸泡在冰水中
冻僵的手，十个指头都捏不拢

遇上难事了，父亲从不对人讲
一个人扛着，要么把头埋在手里
要么拍着脑门，急得满头冒汗
我有时看见他，紧紧握着
一双拳头，自己暗暗地使劲

草

只要有泥土的地方
就会有草生长出来
三月，向阳的草坡草色青青

一棵草是卑微的，弱小的
当它长满一面山坡
一片草场就是故乡的乳房

草可以活一万年，就是枯萎了
草根还活着，明年又会发芽
寿命再长的树也活不过它

经常被人踩在脚下
即使把它踩进泥泞中
草也会顽强地生长出来

雨中的草，身体里有一片大海

泛着绿色的涟漪

响着柔软潮湿的灵魂的风声

大地长满青草，青草留给羊群

从每一棵草根里

都能抠出几声小羊的叫唤

丧事

每个人都是这世上的过客
腊月初六,二奶奶死了
比二爷爷早走了一年
那天下着雪, 给亲人的
悲伤, 增加了重量

丧事就是下着的另一场雪
孝子穿着雪白的孝衣
在灵堂里守孝
雪白的挽联贴在帷帐的两边
道士从早晨过来做法事

满身的白也没压住内心的悲痛
两个女儿伏在棺材上哭泣
哭着哭着就抱到了一起
相互地安慰着

像一片雪花安慰另一片雪花

放三天。死人是第一大事
亲戚们再忙也要过来烧香磕头
让老姐妹看最后一眼
让死者把生前的路再走一遍

出殡时，"八大仙"抬着二奶奶
上山，借道于人世，拐过纵横的
田间小径，经过水库边的一座
老坟时，要放一挂鞭炮，告诉
人家，二奶奶从此别过了

乡村语文女教师

她个子矮小，年龄大于身高

小时候家里穷，经常坐在

有太阳的柴火堆下看书

手在上山砍柴时摔断过

去学校教书，捏粉笔有点笨拙

只能慢慢用力抬起来

在早晨举行完升旗仪式后

她把孩子们领进教室里上课

嘴角总是露出甜美的微笑

像脸上时刻荡漾着阳光

她学鹦鹉的卷舌音

教孩子们读拼音

踮着脚尖，把生字写在黑板上

点、横、竖、撇、捺

一笔一画写得端端正正

读过五遍之后

又一个一个地擦掉

她敞开嗓门，大声地

教孩子们朗诵唐诗

平静地阐述诗歌里的含意

最高兴的是提问时

全班学生齐刷刷地举手

让她仿佛欣喜地看到

一片茁壮的庄稼

在齐崭崭地向上拔节

村里远去的老人

在我的印象中，他们就是村子里
老老实实生活着的人，就像他们自己
种过的土地，满堂的儿孙
就是他们丰收的一茬一茬的庄稼
当把一大家子拉扯大，自己就老了
种粮食为土地挖坑，仿佛在为自己挖坑
最后真把自己种了下去。一个个老人
先后走了，像从没到人间来过一样
我伯父，早年读过几年私塾
算是村里有点文化的人
我七八岁时曾教我背过唐诗
他一生勤劳，从来不闲着
在八十岁还上山砍柴死在山中
忠明母亲走了，这是个在村子里
最热心快肠的人，村里大凡小事
都少不了她帮忙。现在坟头的草

已经枯黄了好几茬

锦兵母亲一走也有好几年了

那时我家的前门对着她家的后门

她经常送给我一碗腌菜或几块糍粑

听我奶奶说我小时候吃过她的奶

竟然她走了我一点音讯也没有

我表舅死于车祸，姨爹死于矿难

熊寡妇走的时候，安葬那天

连个披麻戴孝的人也没有，见此

凄凉场景，村里没人不为她掉泪的

大果子叔出去五十年再没回来过

传言他客死他乡了。我堂二哥死去

多年，村里人至今还念着他的好

二叔、四爹、七爷去年都睡到了山坡上

他们的名字都写进了祠堂的神龛里

重阳

今日重阳，我怀着感恩和敬意

来到一群老人中间

木根爷、黑豆叔、四姑婆、石牛大爹

这些喊我乳名的老人

他们都是我的至亲，曾摘给我山楂

塞给我鸡蛋，揣给我糖糕

在我饥饿时三娘递给我一块滚烫的红薯

我吃在嘴里，甜在心里

那年八舅教我读唐诗，伯父给我

讲故事。揪过我耳朵的二爷爷

我用弹弓射过他家马灯

他早原谅我了。今天我就想与

这些老人在一起

听他们讲从天南到地北的故事

从赵氏孤儿讲到朱皇帝

与他们一起饮这九月九的酒

秋深了，树叶在空中飞旋
野菊花在风中摇曳。长空雁叫
月凉如水，我一步就登上了
一生中最高的山

登高。登高
原来高处就是我身边的这群老人

半个月亮

你是我的半个月亮，
我是你的半个月亮。

我们养半个月亮在天上，
又悄悄养半个月亮在心间。

月半边，人半边，
那时候我们天天盼团圆。

天上有半轮，心中有半轮，
我们是相互思念的爱人。

我们合成一个月亮，
就是人间"夜夜的月圆"。

一位抗美援朝老兵的简史

鸭绿江上留下了他的影子

朝鲜的土地上有他洒下的鲜血

身体里打进过三颗子弹

战争永远带走了他的一条

左腿。他带着剩下的右腿和

新做的一只假腿

从一条血路上走出来

那时他心中的红旗

像热血一样汹涌

腰杆如旗杆一样坚挺

虽然红旗上也染了他的鲜血

但他从来不以功臣自居

更不愿躺在功劳簿上打盹

知道国家还在困难时期

应该为国家做点什么，脱下军装

还是一个不下火线的老兵

于是，他回到家乡的村小学
当了一名乡村教师。铁打的营盘
流水的兵，带进了校园
他用一条腿撑着课堂，撑起
一群孩子的命运。几十年如一日
过着当兵时一样朴素的生活
穿着旧军装，住着土坯房
在一所小学里一教就是三十五年
一九八八年病逝，终年五十七岁

第四辑

海鲜火锅

水稻之父

——送别袁隆平先生

被誉为"水稻之父"的老人走了
不知今天去了哪片稻田
一个为"稻粱谋"的耕耘者
把自己化为最后一粒种子
回到种子起初发芽的地方去了
回到谷子生长的地方去了

你走了，全人类的稻子都在疼痛
全中国的水稻都在低头哭泣
这两天，天一直在下雨
一个人的离去，让大地撕心裂肺
让苍天如此伤感，如此落泪
国人悲伤的泪水比雨水流得更急
所有刚栽下去的稻禾都挂满了泪珠

为了能让国人吃饱饭

你戴着草帽，卷起裤腿

五十多年穿行在稻田与稻田之间

站在大地的低处，人民的低处

向每一粒谷子低头

所有的谷子也在向你低头

多少次，被稻芒划破手掌

每一天被雨水淋，被太阳晒

但脸上始终闪烁着稻谷的光芒

不知要多少次实验才有一次成功

不知要流多少滴汗水才能浇灌一粒谷子

面对你，我再不是那个

曾经饿得面黄肌瘦的少年

一粒稻谷真正的重量我无法掂量

但我不会忘记，为了人类的一口粮食

你的脚踩在深深的泥水中

你蹲在田埂上的姿势，已化为一座雕塑

永远屹立在中国老百姓的心间

莲花庵

莲花庵依山抱水，安如慈母
界河从门前流过，似一把
天仙古琴，弹奏着天籁梵音

生活有多长，流水就有多长
生活有多美，流水就有多响
出水的莲花出淤泥而不染
花开花落都在一种幻觉中

沈仙姑，赵法修，端坐在
仙姑殿的莲花神龛上
还有健在的吴母曹修慧
三位慈母，是三朵最美的莲花
她们身体里有光，心灵里
有爱，都是莲花的花魂

庵堂内，神明慈悲的灯火

闪闪亮着，把吴家畈人的

一份美好高高举过命运

上世纪铸造的一口钟

在今日里撞响，道姑敲着木鱼

要把每一位迷途者敲醒

我们的每一声祈祷

都使自己的内心获得了安宁

我们只有做到身心合一

才是在红尘中得到了救赎

果园诗人

　　——给诗人傅天琳

你是一位果园诗人

在果园劳动了十九年

你与你的姐妹们，用粘满

牛粪、泥巴的手，种下果树

在烈日下为果树除草

在寒冬里为果树施肥

提山间的小溪、湖泊浇园

果树开花了，你露出花一样的笑容

你也成为花中的一朵

果树结果了

你比那熟透的苹果笑得还甜

十九年，你种的果树无数

一棵，一棵，一行，一行

像一首首分行的诗

就这样，你拿起手中的笔

开始写诗了

蘸着露水为果园写诗

蘸着泪水为苦难的姐妹写诗

写与你的爱情一道萌芽的果树

写果林中最有韧性的柠檬

写苍茫大地的一万亩辽阔

你的身体是属于果园的

你的灵魂是属于诗歌的

你把大半的青春交给了果园

把自己的一生交给了诗歌

你的诗歌果实累累

已结成一个诗歌的大果园

巨猿洞

　　巨猿洞是在湖北建始县发现的二百万年前"建始直立人"的遗迹。由于在洞内发现巨猿牙齿化石三百余枚，还有大量的石制品、骨制品，故名巨猿洞。

万古的树盘根错节

野草疯长，云朵在天空中悬浮

月光照着莽莽的群山和河流

天地混沌，猿人成群

白云深处那个隐秘的洞穴

就是猿人的家。猿人用

石刀、骨刀刮削动物的肉

靠撕咬豪猪、乳齿象、山原貘

吃野果，生存下来。他们在

洞中居住，在洞外活动

与同类在一起嬉戏、觅食
语言以无言代替，以手语、眼神
嘶叫和肢体语言交流
共同对付野兽的侵袭
用石头、石锤、石刀、石斧
与野兽决斗

在同类和族群的争斗中
食物和领地，永远是
抢夺和厮杀的原因
一场暴风雨，一场暴风雪
山洪、泥石流、疾病、瘟疫
都可能带来灭顶之灾
但血缘又将它们紧紧系在一起
一声猿鸣，就是一声呐喊
它们相携着，搀扶着
或迁徙，或离开，或爬到
更高更安全的地方避难
带领族群从险境中绝处逢生
人类从这里起源，猿在这种

不断的奔突中站立了起来
从四肢爬行到直立行走
完成了从猿到人的进化过程
第一次发出了人的声音

春天

这泪水洗过的春天，还是如期而来
花朵如美人经历乱世

滚滚雷声在为新冠病毒送行
春雨淅沥，记下了悲伤

一堆残雪躺在春天里，久不融化
但寒冷挡不住春天的萌发

芦苇在春风里催生
草与草伏在地上相依为命

最值得"用疼痛记住的春天"
一朵朵桃花被咬出血来

一个汉子与一粒谷子

书本上的每一个汉子

我总是当一粒谷子品味

土地是一本摊开的书

地里的每一粒谷子

我又当一个汉字欣赏

女娲造人，仓颉造字

神农种五谷

五谷把我们养活

汉字让我们立魂

一个汉字就是一个人

横平竖直有风骨

人这一生

就是写好一撇一捺

沿着汉字组成的河流

我走遍了我的中国农村

我的农民兄弟

在那里以耕读为本

一个汉字与一粒谷子

都有一种神奇的光芒

彼此温暖，互相照耀

它们更负有一种共同的使命

——营养人类，丰富人类

海鲜火锅

外面大雪纷飞

点燃木炭就点燃了一座火山

火焰把一片海烧沸腾了

中间的烟筒罩着海上的火山岛

火苗不住地向上蹿动

冒着淡淡的白烟

火锅是大海收窄的河道

海有多深，海底世界

就有多丰富

五花八门的海鲜端上桌来

花蟹、扇贝、海螺、鱿鱼、生蚝

基围虾、蛤蜊、蛏子、海蛎

我们这一群吃货

都是赶海的人

长筷是桨，漏勺是网

一网撒下去

几乎没有漏网之鱼

锅中波浪翻滚，热气氤氲

像大海云雾弥漫

我吃着一只海参

可能把大海咬疼了

海参只扭动了一下身体

也没吭一声。人类这样残忍

而大海总是那么善良

金丝猴

神农架的金丝猴，鼻子上仰
四腿瘦长，一张桃子形的脸蛋
嵌着一双明亮的大眼睛
身上长着柔软的金毛，光亮如丝
尾巴和身体差不多长

满山的树绿着，涧水长流
高处是孤零零的山峰
阳光温暖地照着山梁
金丝猴一闪一闪地跳跃
不时发出尖利的叫声
喜欢从地上一跃跳到树上
从一根枝丫跳到另一根枝丫
双手或单手吊着树枝
做着体操运动员空中翻腾的
动作，转身跳到一根枝丫上

双手抱膝，坐了起来

金丝猴爪子细长，指甲尖
便于剥带壳的食物
有人扔过去两粒花生
它把花生放在嘴里一咬
然后剥壳，壳扔在地上
把花生米送进嘴里
"吧唧吧唧"地吃着
坐在高处树杈上的一只金丝猴
像坐在月亮的垭口上
树上每一片叶子都闪着微光
金丝猴的眼睛里闪着火苗似的火焰

洪泽湖

洪泽湖在近旁无声地流淌

有时泛起白色的浪头

大鸨、白鹤、黑鹳、灰鹭、白鹭

在苍茫湖水的上空飞翔

翅膀被风抬着

翅膀又抬着天空

其中，有一群鸟成直线

飞过湖面，似乎

想在水上造一座桥

我在洪泽湖的岸边行走

给我留下流水沉浮的记忆

鱼游在水面或藏在水草里呼吸

芦苇在夏天泛绿，在秋天白头

几只野鸭懒散地划水

黄昏，夕阳迅速下沉

晒暖的光阴是流水的过客

船工们回到岸边抽烟、休憩
白天倒映远山、树木的湖水
夜晚要忙于倒映灯火
当湖面起雾的时候
天空与湖水瞬然弥合在一起

风雨桥

风雨桥，在美丽的浔江上
一站千年，厚重的时光
压着汹涌的江水
走在桥上的人，脚尖踢响
潮湿的马蹄，身边有各种
车辆驶过，如流水一样
有时急，有时慢。肩挑扁担的
侗族人，挑着岁月的风雨

桥上的木雕弥散着古意
弯月倒挂，如点亮一世灯火
浔江的水在黄昏时开始浅下去
几个侗族小伙
站在浮排上，或坐着竹筏
他们用长长的竹篙
撑开江水的辽阔与苍茫

这时我也从风雨桥上走过
似乎风雨要从天上来
或从人世来。风雨锁不住
三江，也挡不住我的
脚步，我只顾风雨兼程

月亮街

——写在三江

昨晚鸟巢表演的《坐妹》
阿妹坐的月牙儿
今夜移到月亮街，悬在了
天上，这时我行走在
月亮街，像行走在月亮里

一条不太宽敞的街道
铺着鹅卵石，行人不多
月亮照着两边的木楼
不管穷人富人，每家都
有一窗明朗的月光

街上的鼓楼让我想起
昨晚晚餐吃的扣肉
侗族厨师给猪肉赋予

鼓楼的形态，一块肉从
塔基堆到塔尖，筷子夹着
塔尖提起来就是一挂肉串
放下去就是一座鼓楼

两边古朴的店铺里
打铁的在给菜刀淬火
篾货铺的篾匠编着凉席
街上有卖酒的，有卖干果的
挨着浔江的歌厅里，还有
卖小曲的，弹琵琶的少女
以一根月光作弦
把侗族人的夜弹得那么缠绵

碗底溪放排

七月骄阳似火，酷暑难当
走进碗底溪就感到一阵沁凉
溪水流过幽深的峡谷
从地底发出隆隆的轰鸣声

那天，我们去碗底溪放排
竹子手指一样拼在一起
十几只竹排同时在水上航行
整条溪都在扭动着身躯

撑排人，竹篙在岸上一点
引来源头之水，推开层层波浪
绕着一条永远弯曲的河流
他左一篙右一篙地撑着

碗底溪有九个大弯道

竹排顺利穿过鸳鸯滩、一线天
到仙人台，水流湍急，浪花翻腾
冲击着水里迷路的小鱼

我把手伸进水中，清凉的水
从我指缝间流过。水面飘满花瓣
似有仙女在那儿沐浴，我一走神
不觉竹排又拐过了一个大弯

邵武喷泉广场

邵武庞大的喷泉广场

大约可以容纳四五万人

每到暮色降临

人头攒动的广场上

一道音乐喷泉冲天而起

像日月一样喷薄

一向低调的水

也有了高亢的激情

在音乐的律动中

像一条巨龙直冲云霄

音乐的音量越大

喷泉溅起的水柱就越高

而且水柱随着音乐的节拍

不断变幻着多彩的图案

有时像天女散花

有时像孔雀开屏。当空气中

弥漫着一片白色的水雾
一道激光投射的水磨电影
就立体而平面地展开了
电影里的人、桥梁和房子
在粼粼波光中荡漾
喷泉如雨，雨如喷泉
音乐浪花一样起伏
大地举着自己的河流
像天空倒提着一条江河

除夕

地球围绕太阳公转一周
一年就过去了
这一年，雨量特别充足
阳光与月光刚好持平
冬天比往年来得早
雪花还有最后一片没有落下来

事情到年终都要有个了结
仇恨在这一天也要放下来
忘掉所有的烦心事
与一年作最后的诀别

我在祖先的牌位前烧香，下跪
所有内心的祈祷，都是新年的寄语

黛湖

一个黛字让这座湖暗含古意

远看
黛湖美得像一件古瓷
缙云山用数不尽的春秋
收藏了它
蓝色的湖水微微荡漾
白云、古树、飞鸟、鱼、昆虫
都是嵌在上面的精美图案
几朵红色花瓣，和一位
老渔翁的点点渔火
也嵌在上面

近看
黛湖是一幅不用着色的油彩
一幅被缙云山收藏的油画

由于蓝色湖水的洇染

或者说一座湖被打翻了

雾也有了深蓝的颜色

秋天了，水有点瘦，山有点寒

夕阳落入山间、水间

秋色那么浓稠，给黛湖

更增添了浓墨重彩的一笔

中元节

每年的这一天

活着的人要给每一个亡魂烧包袱钱

按我老家的风俗，要把包袱钱

烧在河堤，或三岔路口

用石灰在地上画一个圆圈

让神灵从走失的方向回来

在圆圈内取走属于自己的纸钱

不烧纸钱的就去水里放河灯

把对亲人的思念载入纸船，点亮蜡烛

河灯会顺着流水去追寻漂泊的亡魂

我死去多年的父亲，每年的今天

要从榕树下回来，我提着暮晚的

灯盏，还是没有找到他

我为他烧了纸马，也未见他骑回家

渡口也没看见他过河。晚上父亲托梦给我

他说他还是那个衣不蔽体的穷人

由于年迈，腰椎病经常复发
我说我没当好孝子，对不起父亲
伸手去拥抱他，却是两手抱空
我醒来才知道那是他山上的孤坟
想起父亲已经去世三十年了

致敬劳动者

今天是五一国际劳动节

我要向所有的劳动者致敬

在机器轰鸣的工地上

到处都是劳动者辛劳的身影

打井的人，挖煤的人，修路的人

一砖一瓦砌高楼的泥瓦匠

在烈日下打扫街道的清洁工

炼钢造船的工人，开火车的司机……

节日里仍坚守着岗位

我要向他们洒下的每一滴汗水致敬

今天我来到江边的码头上

那些码头的搬运工

拖着疲惫的身子，还在

像蚂蚁一样匍匐着搬运货物

步履似乎与劳动号子吻合

他们带着杂乱的外地口音说话

狼吞虎咽地吃饭

穿在身上的蓝色工作服已经褪色

脸颊上像淌着一条混浊的长江

纪念碑

英雄倒下了

在那块被他的鲜血

染红的土地上

耸立着一座纪念碑

让英雄又重新

站立了起来

纪念碑顶端的红五角星

是以一个国家的名义

给英雄最高的礼遇

将英雄的灵魂

高高托起

纪念碑肃穆地

站立在高高的山冈上

依然有军人般威武

像松柏一样挺拔

像山峰一样巍峨

那样威严地站着

那样骄傲地站着

"像胜利者那样站着"

像最后一个无产阶级

像英特纳雄耐尔

河

河边有一排整齐的垂柳

树身向着河面微微地倾斜

河水哗啦啦地流淌

泛着洁白的浪花

春天的流水保持着轻缓的速度

缓缓流过两岸古老的村落

河水有一眼见底的清澈

倒映着村民背柴下山的倒影

河堤在几年前重修过

我对以前的河堤只有模糊的记忆

河面上新建的两座石桥

给行人带来了方便

宽阔的落满阳雀的河滩上

有小羊在那儿吃草

风吹着田野上的稻穗发出阵阵响声

高处是耸立的山崖，天空是河流的故乡

流水像血液一样完成了天地的循环

这边，一只渔船把河水哗哗地

撑开，渔人弯曲着撒网

身体矮过了白头的芦苇

到黄昏，水面氤氲着雾气

一只鸟，在月亮升起的时候

悄悄飞来，沿途汲水

第五辑

半坡与陶

老水井

直径不足一米的老水井
乳房一样，喂养着
一座二百口人的村庄

我九岁就开始用小木桶在
老井里打水，打捞井水的微凉
与清幽。我将木桶吊入井中
轻轻摇动辘轳，坐着的井水
慢慢起身。那时我好奇地趴在
井沿往下看，我童年的影子
永远留在了清澈的水中

有时去挑水，走到半路上
突然下雨了，深深的井中
轰响着隐隐的雷声
我挑着一担水，往回走

水越挑越重，但雨水
均匀地落进两只木桶
还是保持了两边的平衡

星夜挑水，水桶里漾动着
微微的波纹，我把月亮
和星辰一起挑回家中
一只飞鸟在空中抬了抬翅
仿佛用手帮我使了使力

姑妈

姑妈住在大山里，高山上
站在姑妈的门前
我可以看见世上更低的月亮
假如想到达天堂，也只有
山尖之上的一步之遥了

山上碗口大的坡地
只能种出泪蛋蛋大小的红薯
姑妈在潮湿的雨季里
到山坡上种红薯，山路陡峭
我的姑妈差点摔断了骨头
姑妈有时提着半桶水
到园子里泼菜，有时在
半山坡上收割荞麦，偶尔又
淹没在一片白茫茫的棉田里

生活只给姑妈七十二年的岁月

却给了她百分之百的苦难

姑妈是苦难压弯的一株直不起

腰的高粱。姑父把病痛和

最后一口鲜血咳在她的枝头

扔下四个儿女，撒手走了

从此，更多的苦难和不幸像

钉子一样钉在她的命运里

对姑妈分外地残忍，就像不幸的

祥林嫂又遭遇了一场风雪

稻草人

稻草人穿着我小时候穿的衣裳
褂子上还有母乳的味道

从来不食人间烟火
农民丰收在望时就站在了地头

风轻轻摇动它手中的扇子
偷嘴的麻雀就会远远地逃开

拯不了社稷，救不了苍生
此生只做一个稻草人

孩子们在田埂上奔跑
它任由孩子对它做鬼脸

扛着大铁锹从它身边经过的人

它向每一个人频频地点头

它不向你有什么索取
你也不宜向它问路

一年以后，脱掉它的衣裳
只剩下一堆稻草的白骨

坡地

我的村庄，推开柴门
就是一片坡地
坡地起伏
四面都是庄稼
有的是红薯
有的是麦子和棉花

坡地上，经验丰富的老农
深深地埋下头颅
双手劳作
汗滴先是从脸上流出来
然后落进泥土
可回首的麦香
一直渗入到我的血脉里
营养着我成长

地种了收

地收了种

饿饭的年月

多亏了这几亩坡地

干旱的季节有山泉浇灌

下暴雨立即就流走了

才使庄稼获得了旱涝保收

那地越种越肥

麦子层出不穷

什么时候燕子飞回来了

什么时候麦子就要熟了

木炭火

一场雪下了一尺多厚
几乎所有出行的道路都被封堵
父亲为我们生起一盆木炭火
全家人打拢板凳，围在一起
亲情是另一团火焰
使贫穷的家显得异常温暖
火盆里，蓝色的火苗向上蹿动

这一年外公在我们家过冬
还有从隔壁过来烤火的四爷
他们都是村里有文化的人
外公温酒的壶盖上落了一层灰
他与四爷一边饮着烫热的酒
一边谈着前朝的事。我听得出来
他们知道的真多，都为项羽在
乌江自刎同时发出一声感叹

风从门缝吹进来，火苗呼呼地响

两个弟弟在炭火边烤着红薯

父亲没有过多的语言

他抽着劣质纸烟，低着头

不时把烟的灰末弹进火中

我们都坐到深夜

直到所有木柴在火塘里燃尽

叔祖父之死

谁都要老。谁都要像叔祖父一样死去，
像枯叶被泥土埋葬、腐烂。
我知道叔祖父之前住着比他还老的房子，
睡着硬板床，一盏油灯照了他大半生。
年轻时，叔祖父是条硬汉，
爬山、过河、推碾子，谁也比不过，
扬麦子一口气掀了八石。

叔祖父死的前两天，他还在门口的
院场里劈柴，那些木柴足足可供叔祖母
烧一个冬天。昨天他把窑垴的
高粱秸秆砍了，给灶屋水缸里
挑满了水，晚上吃了两碗
叔祖母擀的阳春面，半夜还听见他
起来撒尿，咳嗽一阵又睡了。

叔祖父死于心脏病突发，

儿孙们为他烧纸钱，天还没亮。

叔祖母一边哭着一边说：

"他好像预感到了什么。"

深夜他与叔祖母说了很多话：

"过年了，猪卖了，把二喜家的钱还上。

过年热闹一些，要买鞭，贴对联。

再穷孙子也要读书。"

不想这成了叔祖父最后的遗言。

菜地

村东头的一小块荒地
父亲开垦种菜。在青菜当
半主粮的年代，父亲似乎为
家里又造了一座粮仓

菜长出来菜地四季都像春天
父亲抽空去给菜叶捉虫
菜地旁边的一条小溪
是水走的路，水往低处流
见弯就拐，见凹就填
父亲常到地里锄草
引小溪的水浇菜
南瓜花在父亲洒落的水滴下
一瓣一瓣颤动，很快
开小白花的豆角长长了
南瓜长大了，四季青的韭菜

长了一垄又一垄

我几次跟着父亲来到菜地
有时趴在地垄上睡着了
父亲叫醒我时，天色已近黄昏
他把地锄完了，黄瓜、茄子
又浇了一遍水。我跟着
父亲在落日下回家
他的草帽里盛着新摘的扁豆

椅子

院子里的一把椅子

我每天要在上面坐一会儿

坐着喝茶、看书、打盹

没人坐的时候

上面坐着树叶、灰土、尘埃

有时坐着落日

有时坐着空

坐过一场偶然的大雪

风坐上去又被另一阵风吹走了

后来我送给了邻居的残疾老人

让一位老人一坐多年

老人无儿无女

老伴陪伴在他的左右

一把椅子让一位老人的后半生

有了近似于儿女的依靠

他每天坐在椅子上晒太阳

呼吸院子里的新鲜空气

两只胳膊，搭在两边的扶手上

有时放下靠背躺着闭目养神

我偶尔过来看他，他很高兴

老人楚剧唱得好

我站着，手搭着他后面的椅背

经常一听就是半天

可老人去年走了，他的体温

永远留在了椅子上面

从此椅子上坐着他的天堂

父亲

经常看见父亲蹲着

蹲着吃饭

蹲着抽烟

蹲着思考

蹲着看地里的豆苗、菜花

他多数时候是站着

站着看天

站着说话

站着干活儿

站着在山野间开荒、锄地

很少看见他坐着

那是干活实在太累了

坐在地头歇气

还有时是遇上难事儿

端坐在门口发呆

唯有现在是躺着
先是躺在病床上
紧咬着嘴唇，痛也不
喊出来。要躺进黄土了
还在吝啬棺材钱
在一钵灰烬中消失

生产队

生产队仿佛就是故去的爷爷和奶奶
那时我读小学三年级
大队的广播喇叭里唱着《东方红》
队长嗓门大，在村庄和田野喊来喊去
脱产的会计也在一边指手画脚
社员永远是最听话的
队长叫插田就插田，叫割麦就割麦
叫送公粮就送公粮。公粮验收时
收粮员把尖头带倒钩的竹签插入粮袋
然后用力一抽，竹签上带出谷粒
他一捏一看，一袋谷的等级他说了算
社员白天下地，晚上在夜校里扫盲
生产队长之所以厉害，是因为他手里
握着社员的工分，工分就是钱和
口粮。粮食是从仓库里分来的
所以我也觉得保管员的权力也很大

他的腰间每天挂着一串叮当响的钥匙
掌管着生产队让我馋得流涎的玉米
花生，还有更多的稻谷和麦子
我家里一年就分得队里的半瓶菜油
父亲为了多分得一点口粮
把粪肥、草木灰送到队里记工分
一排平房的前面是生产队的打谷场
农闲时说书放电影就在那里
人们夏天乘凉在那里
村里死了人在那里停棺然后抬走

一座山

每个人的命中都有一条江河
有一座森林密布的高山
山上有老虎、豹子和落日的孤独
一条瀑布从峭壁上垂挂下来

幽谷空荡，云雨苍茫
山林在黄昏飘着淡淡的草香
一山翠绿，引来万鸟入林
一只苍鹰在山顶盘旋
翅膀上驮着雷霆和闪电

草绿草青，都在春天
草枯草黄，都在秋天
我那天上山，野樱桃花已经开过了
一片荞麦满足地在山野生长
阳光与草叶发出轻微的摩擦声

山中有好多我叫不出名字的植物

有更多比人长寿的树木

松树长着粗糙的树皮

松针缝补着被风吹破的日子

却缝不了我内心被岁月撕裂的伤口

秋风吹拂的凉夜

蟋蟀在墙脚下的草丛中鸣叫
收割后的田野空空荡荡
稻谷回到粮仓，叶子回到泥土
黄昏从山谷吹来的秋风
多少带着一点野性
吹亮了远处烧荒的野火
吹着沙尘重重打在人的脸上

在这秋风吹拂的凉夜
池塘的水带着清冽的凉意
河水到枯水季节就越流越慢了
月亮孤悬在寂寥的夜空
夜露在草叶上凝成了白霜
月光拂过大地和万物
照着寂静的河流与山岚

月亮在天上比天空高

在水里又比平地低

月亮卧在苍茫的水中

月光均匀地铺在水面上

河水在夜色里赶路

渔船在水面穿梭，流水向后

抛出一片翻卷的浪花

半个我

一生走完了一半

头发白了一半

记忆差了一半

饭量小了一半

朋友少了一半

病痛多了一半

我只剩下半个我了

半生漂泊

半生沉浮

奋斗了半生

拼搏了半生

劳心劳力了半生

如履薄冰了半生

一滴血，半滴泪

支撑着剩下的半个我

打铁老李

打铁老李对一块铁，从不手软
像是在与仇恨硬碰着硬

人的身体本身是含铁的
硬汉也是这么锻打出来的

此时你要刀斧，可以直接来取
想写诗，就向他的火中取词

这打铁的人生，硬是把自己
打成了铁骨铮铮的汉子

他说，男人嘛，就得有个性
说罢将一块打好的铁
丢在地上：看，男人就是这样

半坡与陶

我们是否真的懂得泥土，

懂得我们的前世和今生？

——题记

1.

天地造人

同时创造了苦难

泥土是苦难的血肉

苦难是泥土的伤痛

泥土捏就的陶罐

是土地与火的骨血

是火焰的化身

是更具体的历史

一粒泥土，一粒火

被烧制成一只陶罐

又一只陶罐

我们从地底下挖掘出来

剔去上面的泥垢

擦拭厚厚的尘土

陶罐上的划痕，符号

是先民的呼吸、鼻息、指纹

但火焰比灰烬更有忍力

我从火里窥见

远古的部族和村落

一个没有法律、王权的

最小的国度

这是六千年前的人类

古老的半坡村

白云掩映着苍山和老树

云雨吐着草木，山若隐若无

不远处的一条黄河

万物与流水一起发出吼声

村庄有揪心鸣叫的鹧鸪

有叽叽喳喳的麻雀

燕子在天空迂回盘旋

蚂蚁在黄昏扛着食物奔走

曾经也有牛羊

在荒野里走动

在低洼里吃草

有圆顶或尖顶的草房

有半地穴式的地窖、灶坑

和打米的磨盘、织布的纺轮

先民在村庄的小河湾里俯下身来

用石锄刨地耕种

用骨刀砍下稻粟的头颅

不知历史怎样变

半坡

被黄河的几片波涛和

历史的几抹黄土

整整埋下去六千年

六千年

有多少朝代，多少车马

从上面碾过

2.

先民从刀耕火种中一路走来

他们从钻木击石中找到火

森林中藏着野兽

木头里藏着火

人逐火，火驱兽

人类从猿到人经历了火的涅槃

从此我们的祖先开始崇拜火

火在大地上深深扎下了根

火推进了人类的进化

点亮了人类的文明

半坡人开始围起栅栏

搭建草屋

开始用火取暖

用火烧烤食物

用火驱赶野兽

并学会用燃烧过的灰烬

覆盖着火星，保存着火种

人世一条通往生活的路

是火铺成的，火用一万年

把自己修成了正果

到半坡成为正常的人间烟火

火一次次地点燃

一次次地燃烧

从木头里逼出的火焰

照亮混沌的天地

火苗呼呼地往上蹿

所有的事物接受照耀

火有重量，有血肉，有呼吸

木柴倒立在火中，血脉倒流

火敞开自己的灵魂

吐出自己的语言

喷涌着紫蓝色的火焰

火光照亮了每一个黑夜

像公鸡用叫声

叫醒了每一个黎明

火在火中燃烧

在一堆历史的灰烬里燃烧

燃烧是一种痛

火红得可以掐出血来

众鸟高飞，水往东流

一滴水忍住一粒火的隐痛

远古的先民，在落日里

舀水，提水的女子

站在水边，黑发及腰

把生的第一天和死的最后一天

都交给了一堆火焰

火以自己的方式创造人类

又大口大口地吞噬着人类

死去的亲人都埋在身边的火堆旁

人死了，人的体内

永远蕴藏着一团生命的烈火

3.

有了火

黄土就不会安静

土与火结合
烈火燃烧到一千摄氏度
就会使泥土凝结，坚固
——烧制成陶
赋予泥土实物的形体

烧窑是一项泥与水、水与火
火与烟、烟与汗的
劳作与交融
从一粒斑驳的凝固的火中
我仿佛看到了远古的先民
眼泪、汗滴的斑痕
和命运的艰辛
一只陶就是一个人的前世
开始是一粒土
溶入一滴水中变成泥
被人任意踩在脚下
制成陶坯，像将要诞生的
甲骨文一样立着
窑火是窑工用身体点燃的

窑工耗尽一生时光烧制着泥陶

通红的窑膛内，燃料堆积着

燃烧，那时的火越烧越旺

陶在火焰上滚动

在乡下，我亲眼看见过

烧窑的过程，陶经过烈火

三四天的燃烧，就停火封窑

用稀泥，把灶孔严严实实

封住，然后往窑顶灌水

水顺着顶部渗到窑内

每一只陶会发出哧哧的响声

这近似于打铁匠

对斧头淬火，一桶水

浇上去，冒着浓浓的白烟

半坡人生于泥土，活于泥陶

视泥土为生命

以陶罐为归宿

后来，一只只陶罐

和死亡一起埋进了地底

先民以六千年的历史作为陪葬

睡成了一堆堆黄土

睡成了一堆堆骸骨

在几千年后，我们把

陶罐从地底下挖掘出来

烧制陶罐的人早化成了黄土

而他们的魂魄附体于陶

又在一片火焰中转世

一只只有记忆的陶罐

立着

卧着

坐着

蹲着

像一个个从岁月中走过来的人

浑身戳满了历史的伤口

一只陶罐的一面

遮住了另一面深深的伤痛

4.

一只陶罐里

能聆听到古人的心跳

闻到稻谷的余香

半坡像一粒粮食一样存在

像一粒谷物一样繁衍

古人用陶罐提水、煮饭

装热气腾腾的食物

还用来储存种子

和粮食

装在陶罐里的稻谷和菜籽

还保持着完整的谷壳

虽然已经炭化

但还在守望着一片田野

给我们带来了远古农耕的气息

我脚下站立的地方

可能就是古代的稻田

我想象着先民最初的播种

日复一日地劳作

身体打满风雨的补丁

哪块地适合种菜

哪块地适合种谷子

先民会精心选择

舀着历史长河一勺一勺的时光

播下稻、粟、稷、麦、豆

太阳的光芒照着潮湿的洼地

种子落地生根，遇土发芽

谷物像人类一样学会了屈服

人屈服于天，屈服于地

万物屈服于人

养育人类的母亲一般的谷子

在泥土的根里呼吸、成长

先民洒下的汗水

都结成了沉甸甸的谷粒

在饥饿的风中成熟

装进陶罐就是颗粒归仓

我经过半坡村

像经过六千年前的晒谷场

每一粒谷子上留有先民的掌纹

地上留有一片带血的脚印

5.

半坡人的生活

从猿变成人开始

从半坡搭起第一间茅屋开始

从灶坑里升起第一缕炊烟开始

从茹毛饮血生吃鸟兽

到吃熟食开始

他们以耕种者的名义

聚居在一起，组成了群落

穿着树叶、兽皮

用石刀石斧劈开大地和森林

经历着山崩地裂

经历着洪水、饥荒、战争

几千年苦难的泪水

足足流成一条黄河

半坡

远古洪荒的半坡

钻石取火的半坡

用兽骨制成磨棒、箭头的半坡

用大象的牙齿做刀做斧的半坡

用粗陶罐炊煮的半坡

用细陶钵食用的半坡

大地一样大的半坡

小米一样小的半坡

黄河一样黄的半坡

黑土一样黑的半坡

我用小小的粗糙的手掌

捧着先民的血和泪

浇灌的粟米，一步一磕头

向他们朝拜地走来

带着《诗经》《论语》《楚辞》

汉赋、《史记》《汉书》

来祭奠他们

这些经典，承载了

中华五千年文明的厚度

九章算术、圆周率、秦皇兵马俑

造纸术、指南针

火药、活字印刷术

这些奇迹的创造

更彰显了他们后人的智慧

在一条历史的长河中

我们用动词去发掘

用数词去收集

用量词去保存

我要告诉他们

时间在此作了短暂的停顿

后来的江山你争我夺

血流成河，像一个伤口

在另一个伤口里疼痛

世事变迁，人海沉浮

向东、向西、向南、向北

向哪一个王朝的敏感部位深入

都是伤痛

都是血痕

6.

有不可复制的活着

就有不可复制的死亡

人来于尘土归于尘土

在村庄里

活着和死亡

像灯火一样明灭

村庄的人

活着的活着

死去的死去

活着的那么自在

死去的那么安详

睡进泥土里

几千年没有翻动一下身子

然后，活着的人也死了

或死于一场疾病

或死于一场灾难

或死于一场战争

他们饮尽最后一滴夕阳

从此不再呼喊、尖叫

声音和尸骨

被漫过来的黄土

和历史的烟尘

一层一层覆盖

一层一层堆积

与死去的人

在另一个世界里相会

从此再没有生死之隔

活着和死亡

也就一粒粟米的

距离

在六千年后的某一天

他们又复活了

复活于一次考古

复活于一场发掘

复活于人类的又一次发现

从黄土里醒来的

是一粒粒火种

是一堆堆骨骸

是一只只陶罐

埋进灶坑里的火种

永远没有熄灭，隐隐约约

似乎还闪烁着火星

跳动着火焰

尸骨旁边堆积着灰瓦、陶片

陶片是永远不烂的棺材板

黄土挨着黄土

陶罐挨着陶罐

死亡挨着死亡

大大小小的陶罐

千年不烂的陶罐

天堂、人间、地狱

都盛在陶罐里

盛着稻谷的

就是一个粮仓

埋着尸骨的

就是一口棺材
那只细沙陶钵
半装着稀薄的浮土
一只站立不稳的尖底瓶
装满了人世的伤悲和
空空的梦想

7.

像一次还乡
我的身体渐渐接近远古
渐渐接近半坡
我从一粒火焰中进入
走近我前世的亲人
睡在泥土下面的先祖
以泥陶代替他们的存在
他们在河流的拐弯处定居
风吹着远处的河滩
吹着四散而飞的月亮的羽毛
茅屋隐逸在芦苇的深处
光阴从指缝间流走

太阳和月亮

是两个紧紧咬合的齿轮

如果时光能退回六千年

拂去岁月的烟尘

就会现身我苦难的前世

我可能就是家族中

最娇小最撒泼最淘气的子孙

那些有血脉之亲的亲人

我喊他们父亲母亲

或者大妈大婶

或者兄弟姐妹

如果他们听不懂

我就用母系氏族的姓氏

称呼她们：姒、姬、嫪、姚、姜

我可以陪着他们

在自己的村庄里

打开大地轻微的呼吸

手持星月地劳作

把瘦弱的身体隐藏在土壤

用一把笨拙的石斧劈柴

用一根粗糙的骨针缝补

用一只迟钝的石铲挖掘

尽管它们都不生锈

我还是要经常擦拭、打磨

然后扛着这些远古的

石器、骨器、陶器

向历史的纵深处挖掘

在雨水密集的河湾里

遍种粮食和蔬菜

一厘米一厘米地耕耘

一厘米一厘米地觅食

一厘米一厘米地活着

取出身体中坚强的肋骨

支撑疾病、贫穷，和软弱

把一天过成一年

把一年过成一生

8.

其实，我是姗姗来迟的

最后的子孙

当我匆匆从千里之外赶来

时间一转眼就拐到了

二十一世纪

半坡已经由一个村庄

变成了一个遗址

变成了年代悠久的文物

变成了璀璨的地下天堂

在这里，远古的祖先互道尊重

我与漫长的时间交谈

与过往的历史对话

冰冷的火焰

也能把我的思绪点燃

那些无言的灵魂

和复活的泥陶

在阳光下，闪耀着

远古的光芒

漆黑的浮土里

滚动着一轮滴血的太阳

用手掌摊开一片土壤

飓风追着漫天的黄沙

月光永远是赶路的流水

瀑布是倒挂的江河

可以想象，一个民族

曾经有怎样的挣扎

历史被剥去了一层又一层

从半坡的坑穴里

挖出了多少土，历史

就把半坡埋进了多少

一抔一抔余温尚存的黄土

让我心怀感恩和敬意

泥土是繁衍我们的父母

是喂养人类的乳房

我们抚摸、吮吸，无以报答

半坡是我们的人之初

是泥土的前世和今生

是我们永远不可分离的骨肉

它像被刚刚打开的

一位母亲的胎衣

让我看到了一个民族

最初痛苦的分娩

黄土上滚动着黑陶罐

滚动着一个个婴儿的命

在半坡村，牛羊低唤两声

我的灵魂扑通跪下

如果一抔泥土

能还原为一张母亲的肖像

半坡，那就是

她和父亲的婚床

他们用麦子的精、粟米的血

繁衍并养育了我们

我们躲进后来的农历里

用粗长而带血的手指

在北风和先人残留的火粒里

挖掘、刨食

手捧一只乌黑的陶碗

仁义而丑陋地活着